花《はな》宴《うたげ》

あさのあつこ

朝日文庫

本書は二〇一二年七月、小社より刊行されたものです。

花宴●目次

花宴

第一章　燕《つばめ》来る

鳥の声を聞いた。

ピチュピチュと甘く愛らしい。幼い子どもたちの笑い興じる響きを、ふと、思わせる囀《さえず》りだ。

指先に微《かす》かな痛みが走った。

小さな叫びが漏れる。

左手の中指に紅い血が滲《にじ》み、膨れ上がるでも、広がるでも、流れるでもないまま指腹に留まっている。極小の珊瑚《さんご》玉《だま》が張り付いているようだ。

紀江《きえ》は指を立てたまま、縫いかけの衣をそっと脇に置いた。白い帷子《かたびら》だ。僅《わず》かでも血色がつけば、ひどく目立つ。

指の血玉に唇をつけたとき、また、鳥が鳴いた。

ピチュピチュピチュ。

あぁ、来たのだわ。

唇を軽く噛《か》んでみる。

血の味はしなかった。

立ち上がり、障子戸を開ける。とたん、目の前を影が走った。紀江が縁に立つのを待っていたかのように、一羽の燕《つばめ》が飛び過ぎていったのだ。初夏の光を浴びて白い腹がちかりと光る。軽やかに身を翻《ひるがえ》し、松枝の先に止まった。

「まぁ、おまえ、ようやっと来たのねえ」

枝先の小鳥に声をかける。

「もしかしたら、もう来ないのではと心配していたのよ」

燕は片羽を広げ、丹念に手入れを始めた。旅人が遠路の埃《ほこり》を掃《はら》っているようだ。やれやれ着いたかと、安堵《あんど》の吐息を吐《つ》いているようにも見える。

思わず微笑《ほほえ》んでしまう。

「長旅、ご苦労さまでした」

さらに一言、声をかけ、座敷に戻る。血の止まったのを確かめて、白布を手に取ったけれど針は進まなかった。

燕は納戸の廂《ひさし》の下に巣を作る。

毎年、そうだった。決して、門や玄関の軒といった表立った場所には営巣しないのだ。

「武家への礼儀を弁《わきま》えているのでしょうか」

真顔でそう言ったのは、端女《はしため》のおついだった。紀江が子どものころから西野家に奉公しているおついは、今年で三十の坂を越えた。

一度、城下の紙問屋に嫁いだが、三年足らずで亭主に死に別れ、風呂敷包み一つを手に戻ってきた。

桜の季節だった。結い上げたばかりの黒髪に数枚の桜の花弁を散らして、おついは裏門からひょこりと現れた。庭にいた紀江に向かって、「ただいま帰りました」と口元をほころばせ、箒《ほうき》を手に庭の掃除を始めたのだ。まるで、近所に用足しに出ていただけという風情だった。

早くに母を亡くした紀江は、一回りも歳の離れたおついを誰より頼みにし、心を許してもいた。だから、思いがけない帰来が嬉しくてたまらず、三年前より幾分肥えて丸くなったおついに飛びついていった。

「おつい、帰ってきてくれたの」

「はい。帰ってまいりました。もう、どこにも行きませんよ」

「ほんとに？　ほんとね、おつい」

「ほんとでございます。ずっと、おじょうさまのお側《そば》においていただきます」

その言葉どおり、おついは、その日の夜、

「わたくしは一生、おじょうさまのお側で奉公させていただくと心に定めて帰ってまいりました。なにとぞ、なにとぞ、おいてやってくださいまし。お願い致します」と、西野家の当主である紀江の父、西野新佐衛門《しんざえもん》に願い出た。

「女子《おなご》の、あのような必死の形相を初めて目にしたわい。鬼女もかくやと思われ身震いしたぞ。否とはとても言えなんだ」

新佐衛門が後々まで真顔で語る程、切迫した表情だった。

「いや、鬼女にならずとも、おついが帰ってくるのなら、喜んで迎え入れたがのう」

新佐衛門は、そう続けた。偽らざる心意だった。

紀江の他に西野家には子がいない。いずれ婿《むこ》を迎える娘にとって、傍《かたわ》らに家事全般に通じた奉公人が侍《はべ》ることは何より心強い。西野家の父と娘《こ》は、一も二もなく、おついの再奉公を受け入れたのだ。

針の手を止める。

耳を澄ませてみたけれど、燕の声はもう聞こえない。

今年は春先から天候が不順で、汗ばむような陽気が二、三日続いたかと思うと、火鉢の炭をひっきりなしに熾《おこ》さねばならないほど肌寒い日々が訪れたりしていた。

「いつもの年なら、とっくに燕が来ている時期ですのにねぇ」

さっき、おついが言った。さらに、

「こんな年は夏が荒れると申します。何事もなければよろしいのですが」

と付け加え、ため息を吐いた。十年ほど前にも同じような天候の年があったのだそうだ。春先は天気が一定せず、春から夏にかけては長雨が続き、夏の盛りに恐ろしいほどの嵐がやってきた。川は氾濫《はんらん》し、山は崩れ、田畑は水につかった。江戸から西に約百八十里、温暖で穏やかな気候風土で知られる嵯浪《さなみ》藩にすれば、未曽有《みぞう》の天災に襲われたことになる。

「そんなに酷《ひど》いありさまだったかしら」

「まぁ、お紀江さまは何も覚えていらっしゃらないのですか」

おついが瞬《まばた》きをする。

「ええ、何にも。十年前だとしたら、わたしも八つになっていたはずなのに。嵐のこと、覚えていないわ」

「あの年は……奥さまがお亡くなりになった年でもございましたから。それがあまりにお辛《つら》くて、他のことを忘れておしまいになったのかもしれませんねぇ」

「ええ……」

母幾代《いくよ》は不治の病で逝《い》った。母を失った後、紀江はしばらく泣き暮らしていたのだが、確かにそのころの物覚えは全て曖昧でぼやけている。嵐のことなどいくら首を傾《かし》げても、如何《いっか》な思い出せない。ただ、泣いても泣いても涙は尽きず、終《しま》いには頬がひりひりと痛み始めたこと、誰かに「武家の娘がはしたなく泣くでない」と叱咤《しった》されたことは覚えている。そして、白衣《びゃくえ》に包まれ横たわる母の、その白衣より白かった顔色や、霞《かすみ》のように当て所《ど》なく漂っていた線香の煙は、今も眼裏に浮かぶ。

母を失ったあの年も春が乱れ、夏が荒れ、燕の飛来が遅れたのだろうか。尋ねようとしたけれど、おついはすでに腰を上げていた。

「ほんとに、何事もなければよろしいのですけれど」

もう一度呟《つぶや》くと、気忙《きぜわ》しげに台所へと去っていく。紀江は針箱を広げ、父の帷子を仕立て始めた。

針は母から習った。己の寿命の儚《はかな》さを感づいていたのか、幾代は限られた日々の中で、できる限りのものを娘に伝えようとしたのだ。やや性急に、ときに厳しく。あのころ、優しかった母の、人が変わったような険しい叱咤や鋭い眼差しが怖くてたまらず幾度も泣いた。「かかさまは鬼じゃ」と叫んだ覚えもある。酷いことを言ってしまった。思い返すたびに、唇を噛んでしまう。

今なら、わかる。幼い娘を残して一人、逝かねばならない母の哀しみが、懸命さが、想いが、痛いほどわかる。そして、母が伝えてくれたものの大きさに頭《こうべ》を垂れる。

母上さま、御礼、申し上げます。紀江は母上さまから生きるための術《すべ》を教えていただきました。

琴や茶道はどれほどのものにもならなかったけれど、裁縫と小太刀《こだち》は周りが目を見張るほどに上達した。

とくに小太刀は紀江を夢中にさせた。竹刀《しない》を握るとざわりと血が蠢《うごめ》く。はらりと何かが剝《は》がれ落ちて、身体が限りなく軽くなるようにも感じた。軽く柔らかな身体は、相手のどのような動きにも易々《やすやす》とついていくことができる。攻めを受けて、流し、かわして、誘う。一瞬の隙《すき》を見逃さず受けから攻めに転じる。紀江の自在の剣は相手をおもしろいように翻弄《ほんろう》した。

幾代は小太刀の名手であったから、娘の才を見抜くのに幾許《いくばく》の時もいらなかった。紀江は母からつきっきりで手ほどきを受け、母が亡くなった後は市中の額田《ぬかだ》道場に通った。道場主の額田作之助《さくのすけ》は小太刀と槍《やり》の遣い手で、幾代の師匠でもあったのだ。その額田をして「まさに天賦《てんぷ》の才、母御を越える」と言わしめるまでに紀江は成長し、昨年、ついに免許を授かっていた。

父新佐衛門もまた一創流《いっそうりゅう》の剣士として名を馳《は》せた人であったから、紀江が天稟《てんぴん》の才を示すのも血のなせる業なのかもしれない。一創流は、新佐衛門の父を祖とした若い流派であった。受け流し、止め手という受け太刀から反撃に転じる敏速と、粘り強い攻撃を身上とする。

「なぜに男に生まれなんだか、つくづく惜しい」

月に一度か二度、紀江に稽古をつけた後、新佐衛門は必ずそう唸《うな》る。

「男に生まれておれば、家中随一の剣士とも呼ばれたものを惜しい。実に惜しい」

「剣名など欲しくはありませぬもの」

父が唸るたびに紀江はほんの少し唇を尖《とが》らせ、横を向く。

別に望んで女に生まれたわけではない。男に生まれたいと望んだわけでもないが。

「お父上さまがそのように仰せなら、わたしとて言い分があります」

縁先で父に茶を淹《い》れながら紀江はまた、唇を尖らせていた。

「言い分とな」

「はい。男だ女だと言う前に、わたしはもそっと母上さまに似ていとうございました」

新佐衛門が顎《あご》を引く。目を細めて、娘を見つめる。

「己の容姿が気に食わぬというわけか」

「気に入りませぬ」

本音だった。肌理《きめ》細かな白い肌や形の良い額、ふっくらと紅い唇など幾代から譲り受けたものには何の文句もないのだが……鼻がいけない。ちんまりと丸い。団子を一つ、顔の真ん中にくっつけたようだ。父にそっくりだった。新佐衛門は角ばったいかつい顔立ちで、眉も太く、金壺眼《かなつぼまなこ》でもある。鎮座した団子鼻がなければ、厳しいというより、あまりに恐ろしい面容であっただろう。だから、父にとってはちんまりした鼻も瑕《きず》ではないのだ。しかし、紀江にすればそうはいかない。目がくりくりと丸いこともあって、ふとした拍子に紀江を妙齢の娘というより、悪戯《いたずら》な子どもか草原《くさはら》の小動物のように見せてしまう。それが嫌でたまらない。

鏡を覗《のぞ》くたびごとに、ため息をもらしてしまう。

「しかし、評判だぞ」

新佐衛門の口調がひょいと砕け、軽やかになる。

「西野の娘は剣の腕だけでなく、見目もなかなかに麗《うるわ》しいとな」

「まっ、どこでそのような戯《ざ》れ言《ごと》を」

「戯れなどであるものか。この耳で確かに聞いたことだ」

「お父上さまのお耳など当てにはなりませぬ」

「言うな、馬鹿者が。おまえの亡き母は家中でも評判の佳人《かじん》であった。道を行けば、必ず人が振り返り、中には見惚れていて板塀にぶつかった粗忽《そこつ》者もいたほどだ。その母と比べて容姿を嘆くなどと笑止、笑止。器量を気にする前に、もそっと人品を磨け」

「まっ、お父上さま、板塀にぶつかったりなさったのですか。それはぜひ、この目で見とうございました」

「誰がわしだと言った。まったく、おまえは大馬鹿だの」

「申し訳ございません。つい……」

袂《たもと》で覆った口元から、笑いが零《こぼ》れる。

紀江は磊落《らいらく》な父が好きであったし、父と過ごす時間が楽しかった。

「婿を探さねばならんな」

茶を啜《すす》り、新佐衛門が呟く。

口元から袂を離す。紀江は笑いを止めた。

「おまえも、そろそろそういう歳になった。いや遅すぎるぐらいだ。早急に西野の家を継ぐ男を探さねばならん」

「……はい」

西野家は三百石取りで、代々藩の勘定奉行を務める家柄だ。そして、一人娘の紀江は、間もなく娘盛りを終えようとしている。新佐衛門の言うとおり、婿取りに動くには遅すぎるほどだった。

新佐衛門が茶を飲み干し、湯飲みを置いた。

「紀江」

「はい」

「わしはの、門弟の中から婿を決めたいと思うておる」

「お弟子さまの……」

胸の中で微かな音がした。とくり、とくりと心の臓が鼓動を刻む。

新佐衛門は一創流を指南するために十人に満たないが弟子を取っていた。それを方便《たずき》とするわけではないから、道場はなく、庭の一隅を均《なら》し稽古場としている。雨の日など、味噌《みそ》小屋の中で竹刀を打ち合うことさえあった。

紀江はよほどの用がない限り稽古場に近づきはしなかったが、時折響いてくる掛け声や竹刀の音にふと耳を奪われはした。出入りする若侍の後姿を目にし、濁りのない笑声を聞いたことがある。稽古着を繕ったことも、簡単な夕餉《ゆうげ》を用意し振舞ったこともある。誰とも親しく口をきいた覚えはないが、顔と名前はちゃんと一致する。

「お父上さま、どなたか意中の方がおありなのでしょうか」

「まぁ、なくもないが」

そこで新佐衛門は眉をしかめ、娘を睨《にら》んできた。

「まだ決めたわけではない。はしたなく、相手の名など問うでないぞ。軽々しい振舞いは慎まねばならん」

「わたしは何も訊いておりません」

紀江は顎を上げ、父から視線を逸らした。頬が微かに熱をもっているようだ。指先でそっと押さえる。

「今年は燕が来ぬのかのう」

すらりと話題をかえ、新佐衛門が空を見上げた。

あれから、十日が過ぎている。

燕が今日、やっと姿を見せた。下城してきた父にまっさきに告げようと思う。燕は夏を連れてくる鳥だ。おついが案じていた天候の不順も、これで治まるかもしれない。

ただ一羽、燕が眼前を過《よぎ》った。

それだけのことなのに、光が強く眩《まばゆ》くなり、風が乾いて熱をはらんだ気がする。季節が一歩、進んだ気がする。

我ながら浅い心だと、おかしくなる。しかし、西野家の者は誰もが燕という鳥を好いていた。その訪れを心待ちにする。飾りという物をもたぬが故の端然とした姿を紀江は、好ましいと感じていたし、新佐衛門は、その敏捷《びんしょう》な動きを一創流の剣技に重ね愛《め》でていた。おついはおついで、「燕は火を避ける鳥と申します。燕が巣をかける家は火事に遭わないそうでございますよ」と、いかにも奥を守る女らしい事訳《ことわけ》を口にする。紀江たちの想いを知ってか知らずか、燕は毎夏必ず西野家の軒に帰ってきた。

今年も……。

「つっ」

また針が指先をついた。

めったにないことだ。紀江の針は巧みで早い。指先を傷つけるなど、ここ何年も絶えてなかった。

心が乱れている。いや、弾んでいる。弾む心が仕事への専意を削《そ》いでしまう。そしてさらに、弾みの内に一抹《いちまつ》の憂いが交じり紀江を思案に誘うのだ。

今日は、ここまでにしよう。

思い切りよく、針道具を片付ける。

剣と針はよく似ている。遣う者の惑いを許しはしない。惑えば剣は乱れ、針は滞る。惑いのままに握っても、針ならただのしくじりで済むかもしれない。しかし、剣は時に命を賭けねばならなくなる。

恐ろしいものだ。

紀江はこのところ、自分の思いが少しずつ剣から離れていくのを感じていた。

男でない者が、いくら腕を磨いたとてご奉公にはなるまいに。所詮は道楽、たしなみの域は出ぬものよ。

額田道場で修行していたころ、そんな陰口を一度ならず耳にした。皮肉や嫌味を聞こえよがしに背後でささやかれたこともある。たいていは聞き流し、知らぬ振りを通したが、堪《こら》えきれないときもあった。

その日、紀江は作之助から直々に稽古をつけてもらい、師匠とほぼ互角の打ち合いを見せていた。

激しい稽古が終わり、帰り支度を始めた直後、背後でささやかれたのだ。

「西野の猛女はそのうち、竹刀を持って男を追い回すのではないか。狢《むじな》が餌を追うように、な。女の剣とはそういうものよの」

そんな一言のあとに含み笑いが続く。狢とは紀江の容姿を揶揄《やゆ》しての喩《たと》えだろう。

さすがに、腹立ちを抑え切れず、紀江は振り向きざま、男に竹刀を突きつけた。

「女の剣が殿御を追い回すだけのものかどうか、ぜひ、お試し願いとう存じます」

男は伊藤某《いとうなにがし》という高位の家の倅《せがれ》だった。

「これはこれは、また勇猛なことだ」

「お相手願えましょうか」

伊藤は分厚い唇をへの字に歪《ゆが》めた。

「わしは伊藤の家の者だが……」

「存じております。それが何か？」

「いや、あまり悶着《もんちゃく》を起こすと、父御に累が及ぶのではないかと」

紀江は眉を吊《つ》り上げ、わざと驚いて見せた。

「父上？　なぜ、今、ここで父が出て参るのでしょう。わたしは、ただ伊藤さまと竹刀を交えたいと申しただけです」

「いや、ふむ、確かにそうではあるが」

語気は辛《かろ》うじて平静を保っているものの、伊藤の顔色は見る見る青ざめていく。打ち合えばどちらが床に転がるか、火を見るより明らかだった。

たかだか女と嘲《あざけ》った、その女に人前で叩《たた》き伏せられる。これ以上の恥辱はあるまい。さりとて、突きつけられた竹刀から逃げれば、今度嘲られるのは己の方となる。

伊藤は追い詰められ、行き場を失っていた。

血の気のない額に汗が滲んでいる。

なんて馬鹿な男。

紀江は内心で思いっきり舌を出していた。

今さら青くなったって遅いに決まってる。この程度の先も読めないなんて、頭の中は藁屑《わらくず》でも詰まっているんじゃないの。顔を洗って、出直しておいで。

やはり胸裡《きょうり》で好きなだけ罵倒《ばとう》する。少し気分が治まってきた。男である、ただそれだけを盾に取り、他者を嘲笑《わら》う。あるいは、出自を笠《かさ》に着て他者を見下す。どちらにしても愚かだ。愚かの極みだ。

剣を握りながら愚かなままの男など、相手にしても詮無《せんな》い。

紀江は竹刀を引き、足を揃《そろ》えた。

「伊藤さま、お急ぎでございましょうか」

「は？」

「いえ、先ほどからお急ぎのご様子とお見受けいたしましたので。ご用事がおありなら無理は申しあげられませぬ」

伊藤の面が緩む。露骨なほどだ。

「そうだ、ちと火急の用があって……急ぎ、出かけねばならぬところがある。残念だが、手合わせは次の機会としていただきたい」

「承知いたしました。伊藤さまのご都合も伺わず、出すぎた真似《まね》を致しました。ご無礼の段、なにとぞお許しくださいませ」

一礼すると、紀江は足早に道場を出た。

伊藤に対する腹立ちも罵倒も、すでに色褪《あ》せて萎《しぼ》み、消え去ろうとしている。かわりのように、気だるさが全身に染《し》みて来る。その気だるさの底には小さな悲哀がうずくまっていた。

馬鹿なのは伊藤ではなく、己の方だ。

母から教わった小太刀を腹立ち紛れに振るおうとした。

そう、伊藤ではない。己だ。

それにしても、とため息を吐く。

それにしても、男たちはなぜああも弛緩《しかん》しているのだろう。

紀江は剣の恐ろしさを薄々とだが、感じとっていた。

剣を握るということはすなわち、自らの命か相手の命を、あるいは両方を捨てることだ。自らが倒れるか、相手を殺《あや》めるか。その覚悟がなければ握れぬものなのだ。

そんな危ういものを帯びながら、男たちからは張りつめた気配が微かも漂ってこない。なぜなのだろう。

合点がいかない。かといって、紀江が誰かと白刃《しらは》を交えたいと願っているわけではなかった。真剣で斬り結ぶなど、とんでもない。

そこまで考えて、紀江は身震いをしていた。

さっき伊藤が、差し出した竹刀に即座に応じていたら、門弟たちの環視の中で打ち合うことになっていただろう。万が一にも負けるわけはなかったが、勝負のついたあと、伊藤が潔く引っ込むとは思えない。下位の家の者に、しかも女に辱《はずかし》められたと遺恨を抱き、報復してくる公算は大いにあった。ねちねちと嫌味、皮肉の類を投げかけてくるだけなら何程のこともないが、そう簡単に片付くわけはない。もっと陰湿に、もっと凶暴に仕掛けてきたとしたら。

たとえば、数を頼んで襲ってくるとか……。

眼裏に幾つもの白刃が煌《きら》めく。

また、身震いしていた。

馬鹿なのは己の方だ、確かに。

そのころから紀江は剣との間を徐々に広げ、遠ざかっていった。今では父と稽古する以外は、他所《よそ》で竹刀を握ることはなく、道場に顔を出すことも稀《まれ》になっている。稀に顔を出しても師への挨拶だけで辞していた。

剣は恐ろしい。

遣い手が愚かであっても、賢くあっても、卑しくあっても、清らかであっても、剣は剣。刀は刀。同等に人を斬れる。殺められる。

恐ろしいではないか。

燕が鳴いた。

夏を呼ぼうとしているのだろうか。針でついた指先を軽く胸に当ててみる。

弾む情と一抹の憂いと。

昨夜、父の部屋に呼ばれた。

もしやという思いはあったが、やはり、縁談の話だった。

「三和《みわ》十之介《じゅうのすけ》を婿として迎えようと考えておる」

紀江が腰をおろすのを待って、新佐衛門が切り出す。ふいを衝《つ》かれた格好になり、紀江は思わず片手をついていた。

「三和さま……」

「そうだ。剣士である。わしの弟子の中では、いや、藩内においても一、二を争う遣い手であろう」

「はい」

小さくうなずき、紀江は手を膝に乗せた。

「存じております」

「口を挟むでない。終いまで黙して聞け」

新佐衛門の太い眉がひくひくと動く。

「三和家は物頭《ものがしら》を務める二百石の家柄。当方とはそこそこ釣合いもとれる。十之介は三男で、次男は早世したが、長男はすでに小姓組へ出仕し、妻帯もしておる。三和の家としても、この縁談にかなり乗り気のようであった。しかも、本人の人品卑しからず、胆力も備えた好漢である。そこは、わしが太鼓判を押す」

「父上さま」

「口を挟むなと申すに」

「三和さまが嫌だとおっしゃったのですか」

新佐衛門の眉が止まった。それまでずっと小刻みに震えていたのだ。その眉をゆっくりと吊り上げて、

「何と申した」

と、新佐衛門は問うてきた。紀江は、背を伸ばし父の金壺眼を正面から見詰める。

「このご縁、三和さまご本人がお断りになった……。違いますか」

馬鹿なと新佐衛門が顎をしゃくった。

「なぜ、十之介が断らねばならぬ。ありがたき申し出と頭を下げておったぞ」

「でも、お眉が……」

「眉？」

「お父上さまは心に懸念がおありのとき、お眉を忙《せわ》しく動かされます。あれでは隠し事はできないと、常々、おついと話しておりました」

新佐衛門は眉を押さえ、顔をしかめた。

「小賢《こざか》しい女どもが。親の鬚眉《しゆび》についてあれこれうわさするなどと、言語道断であるぞ」

「うわさなどしておりませぬ。お父上さまの隠し事はすぐに底が知れると申し上げただけです。本当にそうでございますもの。今宵はいつにもまして、ようお動きになっ

ていらっしゃいます。お父上さま、三和さまのことで何かご懸念がおありなのでしょう?」

新佐衛門は腕組みをして、紀江の視線を受け止めた。父と娘はしばらく無言で向かい合う。行灯《あんどん》の芯が燃える微かな音さえ、耳に響いてくる。

やがて、新佐衛門は腕を解き、指先で顎の下を掻《か》いた。

「十之介が、おまえと手合わせしたいそうだ」

「え?」

「縁談の話は、若輩の身には過ぎた良縁だと言い置いた後にな、当方には何の不満もないがただ一つ願いがある、と、申した」

「それが、わたしとの手合わせにございますか」

「そうだ。ぜひにと強く望んでおる」

紀江は膝に重ねた手に目を落とした。

「額田道場で、おまえの剣を見たそうだ」

「まっ」

顔を上げ、父を見る。

「おまえの評判を聞き及び、師の娘でもあるし、片心《かたごころ》から一場《いちば》、国藤《くにふじ》といった仲間連中と覗きに行ったらしい。軽率な行いだったと恥じておると言うておったがの」

それはいつのことだろうと、紀江は考えた。考えて、知れるものでもない。稽古中はただ竹刀を振ることだけに夢中になっている。周りを気にする余裕などなかった。

ふいに、頬が熱くなる。口の中が渇いてくる。

道場には素顔のままで出かける。白粉《おしろい》や紅の匂いをさせて、竹刀を握るわけにはいかない。髪は解き、一つに結ぶ。

化粧もせず、髪を解いたまま、ひたすら竹刀を振る。

その姿を醜いとは思わぬが、娘としての華に甚だしく欠けるのは確かだ。さらに頬が火照《ほて》る。十之介に、違う姿を、年相応の華を備えた姿を見て欲しかった。そう望む思いが熱を持つ。

「ちょうど、師範と稽古試合をしていたときであったそうな」

となれば半年も前のことだ。あのころ師範、額田作之助とは二十日か三十日に一度ほど竹刀を交え、指南を受けていた。十之介が見たのがいつの稽古なのか見当がつかない。いつにしろ、稽古着姿だ。おそらく汗まみれになっていただろう。

紀江は泣きたくなった。

「目が眩《くら》んだと言うておったぞ」

新佐衛門の口気《こうき》に笑いが混じる。

「おまえの剣の疾《はや》さに目が眩んで、息が詰まったと、の」

「そのような……」

「たいそう美しくも見えたそうじゃ。天女のようであったと、十之介め、にこりともせず言いおった。まっ、あやつがそう言うのなら、まこと、そう見えたのであろう。世辞、甘辞《かんじ》を使えるやつではないからのう」

血の上る音がする。鼓動が早まる。紅《あか》く染まった顔を父に見られたくなくて、俯《うつむ》いたまま気息を整える。

ようございましたな。

三和十之介の張りのある声がよみがえって来る。血の音も鼓動も掻き消えて、その声だけが耳奥に響いていた。紀江もまた軽い目眩《めまい》を覚えてしまう。

ようございましたな。

あの一言を聞いたのは、今年の初め、曇り空から雪片が一つ、二つ、舞い落ち始めた上午《じょうご》だった。

一創流の稽古始めの一日《ひとひ》でもあった。

その日は、まだほの暗い朝方から門人たちが集まり、日が昇るとともに稽古を始める。凍てついた空気の中、およそ、一刻ばかりの初稽古があり、その後、門人たちに熱い雑煮《ぞうに》と酒を振舞う。普段は稽古場である中庭に近づくことのない紀江も、この日だけは襷掛《たすきが》けで椀を配り、酒を運んだ。

一通りの供応が済むと、紀江たち女は退き、新佐衛門も直《す》ぐに居室へと引き上げる。若い門人たちだけの無礼講となるのだ。気の置けない仲間同士、存分に楽しめという新佐衛門の心配りだった。

紀江は台所に戻ってすぐ、簪《かんざし》を落としたことに気がついた。珊瑚に梅を彫り込んだ丸簪だ。さほど高価な品ではないが、かけがえのないものだ。血の気が引いていく。心の臓が束の間《つかま》縮まった。

どこで、いつ、落としたの？

ぐずぐず思案している暇はない。

台所を飛び出し、中庭へと走った。雑煮の鍋をおついと共に運んだとき、簪はまだ髷《まげ》の元にちゃんと納まっていた。一度、挿《さ》し直したから間違いない。だとすれば、雑煮を配っていたときに、中庭のどこかで落としたに違いない。門人たちに踏み潰され、砕け散る珊瑚玉が浮かんでくる。気が気ではなかった。

「申し訳ございませぬ。どなたか簪を拾われてはおられませぬか」

憚《はばか》ることなく飲み、食い、騒いでいた門人たちは、唐突に駆け込んできた師範の娘を一瞬、当惑の目で見詰めた。あからさまなほど、まじまじと見入ってくる者もいる。

稽古場の隅には暖をとるための焚《た》き火が燃えていた。炎に照らされて、男たちの顔が臙脂《えんじ》に彩られている。紀江に向けられた眸《ひとみ》だけが黒々と光る。

その眸が紀江を我に返らせた。ざぶりと井戸水を浴びた心持ちになる。どれほどはしたない真似をしたかに思い至り、足がすくんだ。それでも逃げ去ることはできない。簪は母の形見だった。

渡されたときの有様を今でも覚えている。臥《ふ》したまま粥《かゆ》を啜ることもままならなくなっていたのに、幾代は床の上にきちんと正座して娘を呼んだ。身を添わすように座った紀江の髪に手ずから丸簪を挿してくれたのだ。

「まあよく映えること。急に大きくなったようですねえ」

そう言って、母は仄《ほの》かに笑んだ。亡くなる三日前の朝だった。

失くすわけにはいかない、どうしても。

「ご、ご無礼をお許しくださいませ。あの、じっ、実はその……母の形見の簪でございますれば……」

焚き火の近くにいた若者が一人、ひょいと屈《かが》み込んだ。ひょろりと背の高い、痩せた男だった。片膝をつき、地に指を這《は》わせる。普段は硬く踏みしめられている稽古場は雪に濡《ぬ》れ、少しぬかるんでいた。他の門人たちも幾人かが腰を屈め、その泥濘《でいねい》を探り始める。

「あ、あの……」

失態の上にまた失態を重ねた。そう気がついたけれど、もう遅すぎる。

どういう謂《いわ》れがあろうとも、たかが簪一本のために男たちに膝をつかせたのだ。父がこの有様を目にすれば、烈火のごとく怒《いか》るだろうし、どのように叱責されても弁解できない。

紀江は棒立ちになったまま、速い呼吸を繰り返していた。

「みなさま、もう、あの、もう結構でございます。お許しくださいませ、わたし、あの……」

「あった」

すぐ傍らで声があがった。飛び上がるほど、驚いた。

「あり申した。これで、ござろう」

男が紀江に向かって笑いかけてくる。

やはり長身ではあるが、痩せてはいない。肩幅の広い逞《たくま》しい体軀《たいく》をしていた。泥に塗《まみ》れた指に、珊瑚の簪が握られている。拾い上げたとき、素早く拭《ぬぐ》ってくれたのか、簪は少しも汚れていなかった。

小さく叫んでいた。

「これです。ありがとうございます」

狼狽《ろうばい》も含羞《がんしゅう》もたまゆら、吹き飛ぶ。

「よかった。ほんとによかった。ありがとうございます」

母にまた出会えたような心持ちがして、紀江は声音を弾ませた。

「ようございましたな」

静かな口調にふっと見上げた男の双眸《そうぼう》も、凪《な》いでいた。こんな静謐《せいひつ》な眼差しを紀江はそれまで一度も、男というものに見出《みいだ》したことはなかった。頬が上気し、汗が滲む。

「三和、おまえ、剣だけではなく物捜しにも長《た》けておるの。あっぱれ、あっぱれ」

誰かが言い、みなが笑った。三和と呼ばれた男が焚き火の輪に戻り、男たちは何事もなかったように再び談笑を始める。紀江は深々と頭を下げ、背を向けた。

中庭と母屋を仕切る植え込みの陰で足が止まる。胸が詰まったようで苦しい。簪を握り締め、手のひらで一、二度、さすってみる。

ほろりと涙が零れた。

まっ、なぜ……。

ほろり、ほろり、涙は止まらない。

なぜ泣くのか、紀江にはわからない。自分の涙のわけが語れない。安堵なのか、慙《ざん》愧《き》なのか、もっと甘やかな情動なのか見当がつかなかった。初めての経験だ。

雪交じりの風の中、紀江はしゃがみこみ、声を殺して泣いた。

ようございましたな。

凍てつくほどに寒い日であったのに、あの声とあの眼差しを思い出すたびに、柔らかな温もりに包まれる。そして、僅かに涙が滲む。何をするのも億劫《おっくう》なようで、思う存分、竹刀を振りたいようで、沈み込むようで、妙に浮き立つようで、どうにも落ち着かない。波打つ気分に翻弄《ほんろう》され、夜、疲れ果てて床につく。そのくせ、目が冴えて眠られず幾度となく寝返りをうった。

この己で己を持て余す覚え、己で己を上手く抑制できない心持ちこそが他人《ひと》を想うということに他ならない。紀江はこのごろ、気がついた。いや、ずっと前から気づいていたのに、目を逸らしていたのかもしれない。

そういうとき、父の口から三和十之介の名を聞いた。縁談の相手としてだ。しかし、十之介が紀江に望んでいる関わりは、先々の妻ではないのだ。

「いかがする」

新佐衛門が手の中で湯飲みを回す。紀江が物心ついたときから父の物だった白磁だ。幾代とともに西野家に嫁《か》してきたという器に新佐衛門は殊のほか愛着していた。

「十之介としては今回の縁談話と手合わせの件は、まったく別物として考えてほしいと、そうも言うておったが」

「それは、わたしと三和さま、どちらが勝とうが縁談にさし障りはないと、そういうことでございますか」

新佐衛門の目元が僅かにほころんだ。

「負ける気はしない。そういう口振りだの、紀江」

「まっ、そのように仰せられては心外にございます。わたしはそこまで不遜ではございません。ただ勝負は時の運。やってみなければ、わからぬものでございましょう」

「では、受けるか」

「お父上さま」

紀江は膝を三寸ほど進めた。

「もし、わたしと三和さまが竹刀を交えましたのなら、その勝負の行方、お父上さまにはどのように見えておられます」

娘の問いかけに父は暫く答えようとしなかった。夏間近い夜は、夜でありながら青葉の匂いを滴《したた》るほどに含んでいる。青葉滴る夜気を静かに吸い、新佐衛門は湯飲みを傍らに置いた。

「勝負は時の運、やってみなければわからぬ……と言うのは、力の均衡した者たちにだけ通用する科白《せりふ》じゃ」

「はい」

「だから、おまえと十之介の勝負、わしには見えぬ」

「見えませせぬか」

「見えぬな。五分と五分。どちらが勝っても、どちらが負けても不思議ではない」

「五分と五分」

何とそそられる一言だろう。

紀江の心はそれで決まった。

指をつき、父の前に頭を垂れる。

「三和さまにお伝えくださいませ。僭越《せんえつ》ながら、お申し出のことお受けいたしますと」

そうか、では、そうしよう。新佐衛門はあっさりとうなずいた。試合はそう遠くない後、場所は我が家の稽古場で執り行う手筈《てはず》となろう。心しておけ。そう続けて、もう一度うなずいた。

父にしてやられたのだろうか。

部屋に帰って、紀江はふと思った。

新佐衛門自身、十之介の申し出た勝負に乗り気になっていたのではないか。愛弟子と愛娘と、どちらの剣が相手を制するのか確かめたいと。

わしには見えぬ。

父の口にした一言に偽りはあるまい。新佐衛門には見えぬのだ。見えぬものなら、見えるようにしたい。見てみたい。

父は心のどこぞで望んだのではないか。

紀江はかぶりを振り、行灯の明かりに目をやった。

お父上さまだけではない。わたしも、また、望んだのだ。

五分と五分。

ならば、確かめたい。

心内に蠢いた情動は思い掛けぬほど激しいものだった。思慕を越えてうねる情に息が詰まる。

自分の性《さが》が空恐ろしいようにも感じてしまう。

ぽつっ、ぽつっ。

乾いた音がする。目をやった行灯に小さな羽虫が数匹、ぶつかっている。半ば透けた翅《はね》が仄かな明かりを捉え煌めいた。

この虫たちは行灯の中に飛び込みたいのだろうか。飛び込めば、翅を焼かれるしかないのに、なぜ。

紀江は座したまま、行灯にぶつかる羽虫を見つめていた。

それが昨夜のこと。そして、近いうちに、新佐衛門は十之介との試合の日取りを決めてくるはずだ。

三日後、五日後、あるいは十日も先になるのか。

どのような剣をお遣いになるのだろう。

一創流の型はむろん習い覚えている。しかし、父が藩随一の剣士と折紙を付けた男だ。型通りの剣を遣うわけがない。型を学び、覚え、完全に我が物とする。そこまでは俊才の域、身に沁み込んだ型を己が剣で砕き、新しきものを生み出す。そこに至ってこそ天賦の剣士という。新佐衛門から教えられた。

三和十之介の剣とは、どれほど強靭《きょうじん》な、どこまで非凡なものなのだろうか。

紀江は胸を強く押さえた。

この高鳴りが好敵手に巡り合える興奮なのか、慕わしい相手と互角に戦えるときめきなのか判然としない。おそらく、どちらもが綯《な》い交ぜになり融け合っているのだろう。人の情とは一筋縄ではいかぬ、何とも厄介なものだ。

さっき、眼前を過《よぎ》った燕の幻影を追う。

鳥は人よりずっと素直に、心のあるがままに生きているのかしら。

胸を押さえたまま、紀江はひと時、思いに沈んでいた。

遠い先の話ではないと覚悟も期待もしていたけれど、下城した新佐衛門から、明日《みようにち》、試合を執り行うと聞いて、紀江は束の間言葉を失った。

「よいな。そのつもりでおれ」

「つもりと言われましても……いささか急すぎませぬか」

「先方が急いでおる。おまえが承知なら、一刻も早く願いたいと、な。わしが止めねば、今宵にでもやってきそうな勢いであったぞ」

新佐衛門が眉を上げ、さもおかしそうに笑った。

「よほど気に入られたようだの、紀江」

「それで、お父上さまは、明日と決められたのですか」

父の軽口を受け流し、紀江は顔をしかめてみせた。

明日とはあまりに急すぎる。

「稽古不足が怖いか、紀江」

不意に新佐衛門の口吻《こうふん》が変わる。挑むような尖りが含まれたのだ。

「おまえは、このところ、月に数回しか竹刀を握っておらぬ。十之介を相手にするには、ちと厳しいかもしれんな」

紀江は身体を引き父を見上げ、答える。

「怖くなどありませぬ」

稽古の数は減らしていたが、不足とは感じていない。一度、竹刀を握れば、この身体は動くべくして動くだろう。慢心ではない。己を信じられぬまま立ち合ったとて、誰に勝てるわけもない。紀江の胸中を察したのか、新佐衛門は再び語気を緩めた。笑みさえ浮かべている。

「ならばよし。何も異存はなかろう。明日は十之介の分も夕餉の膳を整えておけ。とりたてて馳走はいらぬ。普段どおりでよい」

「お客人をもてなすのに、普段と同じというわけにはまいりません。台所をあずかるのは、わたしでございますから」

「うん？　何をすねておる。やはり臆しているのではないか」

笑みを口辺に残したまま、新佐衛門が覗き込んでくる。からかい口調だった。その額をぴしゃりと叩いてやりたかったが、さすがに憚られた。そんなことより、おっつけ相談して急ぎ明日の献立を考えねばならない。

活きの良い魚が手に入るといいけれど。

思い巡らせていた紀江の目に父の眉が映った。

「あら、お父上さま」

「うん？　何じゃ。頓狂《とんきょう》な声を出しおって」

「まだ何か隠し事をしていらっしゃいますか？」

新佐衛門が眉を押さえる。何か言いかけて、そのまま口をつぐむ。眉間に皺《しわ》が刻まれた。これ以上は、何も問わない方がいいらしい。

一礼すると紀江は立ち上がった。廊下に出た途端、背後で、「おお、燕が来たではないか」と新佐衛門の弾んだ声が響いた。

　これは……。

　十之介に向き合い、紀江は小さく息を呑んだ。その息が喉《のど》に痞《つか》える。腋《わき》の下にじわりと汗が滲んできた。

　十之介の構えには、一分の隙もない。それなのに、決して強張《こわば》ってはいなかった。捉えどころがない。どのようにも変化し自在に動きそうだ。

　紀江は無理やり、息を呑み下した。

　さしもの長い初夏の一日も暮れようとする刻だった。奥庭の一隅はすでに翳《かげ》り、木々の根本や軒下に薄闇が溜まろうとしている。

　青眼に構えたまま、ゆっくりと右に回り込む。十之介の竹刀の先端が紀江を追って動く。些《いささ》かもぶれなかった。

　剣そのものに重みがある。どうあっても揺るがないと相手に思わせる安定があった。それが、力となり圧《の》し掛かってくるようだ。見えない手に押さえつけられるようで、心が波立つ。苦しくさえあった。

　竹刀を握りながら心を騒がせて、どうする。しっかりおし。

　自分を叱る。

弱気も惑いも拭い去らなければならない。そのために――。

「いぇぃっ」

気合とともに、前に出る。足を踏み出すと同時に、十之介の脇に鋭く打ち込んでいく。

ぱしりと音がして、紀江の一撃は軽く弾き返された。予想していた。慌てはしない。弾き返された剣を反転させ、勢いを減じぬまま再び打ち込む。野を分ける突風にも喩《たと》えられた神速の技だ。しかし、その打ち込みを十之介は軽々と受け止めた。余裕さえある。

まさか。

まさか、この剣を容易《たやす》く受け止めるとは。

一瞬、頭の中が白くなる。それが隙に変じたのか、十之介の竹刀が紀江の肩口を襲ってきた。とっさに身体が動く。横に滑り、辛うじて凌《しの》いだ。そのまま、数歩、後ろに下がり、紀江は再び、青眼に構えた。唇を一文字に結ぶ。そうしないと、呻《うめ》きをあげてしまいそうだった。

何と疾く、強い剣か。思っていた以上に、いや、はるかに剛力だった。まともに打ち合えば、紀江に勝ち目はない。

背筋が冷えていく。

十之介の構えがゆるやかに変化し、八双となる。無駄も無理もない、見惚れるほどに滑らかな動作だった。

十之介が僅かに腰を落とした。

来る。

さっきは辛うじて凌いだ。しかし、次は……。

どうする。どうしたらいい。

紀江はさらに固く唇を結んだ。

紀江。

ふいに、呼ばれた。母の声だ。久しく忘れていた声だ。

ただの風音だったかもしれない。しかし、思い出すことができた。母、幾代から伝えられた剣は自衛の剣である、と。

「紀江、女子《おなご》の剣は敵を作り、倒すためのものではありませぬ。己の身を守り、難をはらうためのものです」

幾代の凜《りん》とした声が天啓のように響く。

息が吐けた。

そうだ、牙を剝き向かっていくのではなく、相手の攻撃を受け、受けることで自在に変通する。わたしの剣は女の剣だ。忘れてはならない。

紀江はさらに退き、全身の力を抜いた。気圧《けお》されていた心が、力んでいた身体が、緩んでいく。弛《たる》みではなくゆとりだった。十之介が瞬きをした。表情がくっきりと見て取れる。紀江の変化にどう応じればいいか、瞬きの間、迷ったのだ。初めて見せた逡巡《しゅんじゅん》だった。

「つぇいっ」

己の迷いを断ち切るかのように、十之介が迫ってきた。紀江の竹刀はその打ち込みを柔らかく受け止めた。力にまかせ跳ね返すのではなく、抱き止める。しなやかに、優しく抱くのだ。二本の竹刀は睦《むつ》みあうようにからまり、音をたて、離れた。

紀江が下がる。十之介が追う。

竹刀はまたからまり、離れ、激しく打ち合わされる。

十之介の上気した顔が間近にある。汗に濡れた面の中で双眼が異様なほど明るい。眼の中に光が凝縮していた。殺気や闘気ではなく、恍惚《こうこつ》とした、ほとんど喜悦に近い情が発光している。おそらく、同じ光を自分もまた宿しているだろう。

三和十之介が心を寄せた男だからではない。父の断じたとおりの稀有《けう》な剣士だからだ。

こういう相手に巡り合えた。巡り合い、剣を交わすことができた。至福ではないか。今、この瞬間、全てが満たされた。望むものは何一つない。

身体の真ん中を悦楽が吹き通っていく。

十之介は息継ぐ暇もなく攻めに攻め、紀江はそのことごとくを受け、凌いだ。

頭上で燕が鳴いた。

ふっと手元が軽くなる。十之介がするすると四間ばかり退いたのだ。構えが下段へと移る。やはり滑らかな、流水を思わせる一連の動きだった。

紀江は動かない。腰を据え、気息を整え、ただ待つ。

汗が口の中に沁みて来る。

十之介が踏み込んだと同時に、紀江も前に出た。相手の太刀筋が読めたと思ったのだ。そして、構えた手首に僅かな隙を見たとも。

紀江は下段から跳ね上がってくる竹刀をかわさなかった。かわす必要はない。己の剣が一瞬、早い。

「お籠手《こて》!」

確かな手応えがあった。同時に脇腹に鋭い痛みが走った。足がたたらを踏み、両膝をつく。詰まった息を無理やり吐き出し、顔を上げる。十之介と目が合った。片膝のまま、手首を押さえている。しばらく見つめ合った後、十之介が仄かに笑んだ。笑んだように、紀江には思えた。

「そこまで」

検分役を務めていた新佐衛門が右手をあげた。

「この勝負、互角。双方、異存ないな」

十之介が竹刀を拾い上げ、深々と頭を垂れる。紀江も脇腹の痛みに耐えながら、礼を返した。

身体は汗にまみれ、指一本動かすのさえ辛いほど疲れきっている。できるなら、このまま地面に横たわり眠りたい。しかし、心は軽やかであり、充足してもいた。

この上ないお方と互角に戦えた。まさに剣士と呼ぶに相応《ふさわ》しい相手と対等に戦った。

「二人とも見事であったぞ」

新佐衛門の相好《そうごう》が崩れる。

「見事な試合であった」

「まことに」

十之介が静かにうなずく。

「それがし、これほど手応えのあるお相手に久方ぶりに出会い申した。なにやら、清々《すがすが》しい心持ちが致します」

さり気ない一言に、紀江の全身が火照った。汗がまた新たに滲み出してくる。

あぁ、そうだ。わたしはこの方の……。

妻となれるのだ。

「そう言えば、わしが亡き妻と生涯一度の勝負をしたのも、燕の来るころであったな」

「まっ」

父の言葉に、紀江は目を見開いていた。

「お父上さまと母上さまが手合わせをなさったのですか」

「そうじゃ。幾代が嫁してくる三月も前であったろうかの。わしの方から申し込んだのよ」

「そのようなこと今、初めて知りました。母上さまは何もおっしゃいませんでしたもの」

「それは、わしの面目を慮《おもんぱか》ってのことじゃろう。あれは、心配りの細やかな女子であったからな」

とっさに、十之介と顔を見合わせていた。

「それは、お父上さまが負けたということでございますか」

新佐衛門が顎を引く。

「紀江、そのようにあけすけに物申すでない。おまえは、ちと、短慮に過ぎる。見習うべき母を早くに亡くしたは、娘にとって惜しむべきことだな」

「先生、お負けになったのですか」

十之介が身を乗り出す。屈託のない口調だった。人の根に明るく伸びやかな質を有しているのだろう。わざとなのか、新佐衛門が思い切り顔を歪めた。

「負けたわ。見事に籠手を決められた。それが、また脳天に響くほどの威力があっての。あの嫋《たお》やかな女子のどこにあれだけの力があったのか、未だに、わからぬ」

新佐衛門は目を細め、そこに亡妻の面輪《おもわ》を探すように天を仰いだ。

そうなのか……。昨夜の父の眉がなぜ動いたか、やっと解《げ》せた。遠い昔、父と母もこうやって互いの剣に酔ったのだ。敗北の思い出さえ甘やかに匂う勝負をしたのだ。

「なるほど、紀江どのの籠手は母ぎみ譲りか」

十之介が己の手首をそっとなでた。赤黒く腫れあがろうとしている。紀江の脇腹も同じようだろう。熱をもち脈うっている。

紀江は微かにうなずいた。籠手は母から譲り受けた技。そして、命を捨てても敵を倒さねばならぬのなら、相手の懐深く飛び込み、肉を斬らせて骨を断つしか途《みち》はないとも教えられた。教えた後、母は、

「一撃で相手の命脈を絶たねばならない。そんな戦いは、あなたとは無縁でしょう。無縁な生き方をするのですよ、紀江」

と、娘に語りかけた。

「幸せにおなり。わたしのように」

そうも語った。

幸せにおなり、紀江。

「紀江」

「はい」

「何をぼんやりしておる。勝負はついた。早く、もてなしの用意をせよ」

「あっ、はい」

汗にまみれ、髪の乱れた姿が急に恥ずかしくなる。恥ずかしくてたまらない。紀江は目を伏せたまま敬屈《きょうくつ》すると、母屋へと向かった。

汗を拭い、着替え、髪を直す。薄く化粧もした。母の形見の丸簪をつける。小袖も母の形見だ。巴《ともえ》と縞を組み合わせた、派手ではないが愛らしい文様の着物だった。

母が愛《め》でた小袖に手を通す。

「紀江さま、ようお似合いでございます。ほんに、奥さまにそっくりでございますねえ」

おついが感慨深げに紀江を見上げた。

「さきほどとは、あまりの変わりように、三和さまが唖然《あぜん》となさいますよ。どんなお顔をなさるか、楽しみでございます」

「まあ、おついったら。はしたないことを」

「でも、ほら、ほんとうにお美しゅうございますもの。鏡をごらんあそばしませ」

おついの差し出した鏡の中に、薄化粧の若い女が映る。おついの言うように母にそっくりだとは思えない。幾代は怖いほど整った面立ちであったのだ。似てはいるけれど、そっくりではない。けれど、いつもは気に病む丸い鼻がなぜか少しも厭《いと》わしくなかった。

己のどこをどう変えたいと、紀江はもう思えないのだ。

今、ここにいるわたしで十分。

そっと脇腹に手をやってみる。

熱い疼《うず》きがまだ居座っていた。それが、心地よい。

わたしは、あの方の妻になるのだわ。

胸の内に温もりが満ちてくる。見る物全てが美しく、甘やかに感じられた。

祝言《しゅうげん》の日取りが決まった。

暑さが一段落した秋の月、吉日を選んで。

「母上さま。紀江は十之介さまの妻になります」

位牌《いはい》に手を合わせ、告げる。

「母上さまのお言葉に背《そむ》かず、幸せになります」

線香が匂う。その匂いにさえ、胸が高鳴った。

浮き立つ気持ちのまま、紀江は針を遣い、幾枚かの小袖を仕立てた。父のもの、自分のもの、そして、夫となる男のもの。

十之介にはどのような文様が似合うだろう。

華美であってはならず、粋過ぎてもいけない。かといって、あまりに武骨なものは着せたくなかった。

おつぃが言う。

「三和さまは上背がおありになりますものね。すっきりした柄が映えますでしょう」

「でも、普段着ですもの。少し、遊び心もいれたいけれど」

「お武家でございますよ。町人とは違います」

「武家に相応しい遊び心もあるでしょう。たとえば……」

「たとえば？　何でございます、おじょうさま」

「お裾の裏に燕を入れるとか」

「まあ、燕を。それは、おもしろうございますね。けれど……やはり町人のたしなみのようにも思えます。ええ、おじょうさま、なりません。おやめなさいまし」

「そうかしら、惜しいこと。それなら、おまえの裾に何か入れようかしらね」

「お多福やひょっとこなど、ごめん被《こうむ》りますよ」

「まぁ、おつぃったら」

紀江はころころと朗らかに笑った。

後になって、おつぃとのそんなやり取りがほろりとよみがえることがあった。あのころ、自分を包んでいた生き生きとした空気や、何もかも輝いて見えた風景が生々しく浮かんでくるのだ。その度に、紀江は目を閉じ、疼きに耐える。

耐えるしか術がなかった。

人の生きる道とは何と儚く脆《もろ》いものだろう。霧に閉ざされた野辺のようだ。一寸先がわからない。どのような高位の者であっても、分限者《ぶげんしゃ》であっても、日の本一の剣士であっても、人が人である限り霧の中で道を見失い、足掻《あが》かねばならない。平坦で明らかな道を何の障りもなく、まっすぐに歩める者など、どこにもいはしない。誰もが泥濘に足をとられ、穴につまずき、道ばたに倒れる。

「紀江、三和との話は破談となった」

新佐衛門から唐突に告げられたのは、紀江が十之介の小袖を縫い上げた夜だった。

父が何を口にしたのか、とっさに解せなかった。

「破談……破談と仰せになりましたか」

「そうだ」

「何ゆえでございます」

血の気の引いていく顔を恥じて伏せる余裕すらない。紀江は青い面《おもて》のまま父ににじり寄った。

「なにか、なにか、わたしめに粗相がございましたか」

「うろたえるな。武家の娘がそのような有様でどうする」

「……申し訳ございません」

畳についた指先が震える。こみあげる涙を紀江は必死で堪えた。

なぜ、なぜ、三和さまは……。

「三和の長兄が昨夜、殺された」

「え？」

新佐衛門は腕組みをしたまま空の一点を凝視していた。行灯に照らされた顔が黙考する鬼のように見える。

「殺されたとは、どのような……」

涙が引いていく。動悸《どうき》が激しくなる。頭の隅がきりきりと痛み始める。

三和十之介の兄、甚一郎《じんいちろう》が下城途中、斬り殺された。斬ったのは飯井《いい》半三郎《はんざぶろう》という甚一郎と同じ小姓組の男だった。その日の下午《かご》、甚一郎と半三郎が激しく口論している姿を同僚たちの多くが目にしている。そのときは、同僚の一人が仲裁に入り、何と

か治めたのだが、背を向けた半三郎に一言、甚一郎は、

「獣面《けものづら》の役立たずが」

と言い捨てた。半三郎は醜男《しこお》で毛深く、どこか獣めいた顔立ちをしていたのだ。半三郎は顔を紅色に染めたが、何も言わず部屋を出て行った。

その夜、甚一郎も半三郎も家に帰らず、翌朝、出仕もしなかった。二人の失踪が届出され、大目付の探索が始まった。

ほどなく、甚一郎の骸《むくろ》が城下はずれの林の中で見つかる。全身を滅多切りにされ、腹からは臓物がはみ出し、首は皮一枚で辛うじて胴につながっている。そんな無残な死骸であった。

「それで……、それで、その飯井という方は、逃げたのでございますか」

「そうだ。甚一郎を殺害してすぐに、遁走《とんそう》したらしい。城からまもなく、討手が向けられる。その中に十之介もおる。兄の仇を討つと自ら名乗りをあげたらしい。武士としては当然ではあるな」

「でも、でも、お役目を果たした後は帰ってこられるのでしょう。いずれは、帰ってこられるはずです」

それならば待とう。

一年であろうと、三年、五年であろうと、わたしは待ち続ける。あの方なら、どの

ように長い年月であろうと待ち続けられる。

「十之介が見事、本懐を遂げて帰藩したとしても、おまえとの縁はすでに絶たれておる」

娘を見やり、新佐衛門は続けた。

「甚一郎と妻女の間には幼い娘が一人、いるだけだ。十之介はもはや部屋住みの三男ではない。三和家を継がねばならぬ身である」

紀江は膝の上でこぶしを握った。手のひらに爪が食い込むほどに強く握り締める。

「おまえは婿をとり西野の家を守らねばならん。十之介に嫁ぐわけにはいかぬのだ」

堪えろ。と、新佐衛門は言った。

「十之介とのことは全て思い切れ。よいな、紀江」

紀江は両手をつき、頭を垂れる。

「わかりました。仰せのように致します」

身体の中が空洞になる。その洞に風が通っていく。

ひゅるひゅる
ひゅるひゅる
冷えた風が過ぎていく。

これが定めか。

抗《あらが》いきれないわたしの定めなのか。
父の元を辞し、部屋に帰る。
先刻、ここで華やいだ心のままに針を遣っていた娘はどこにいったのだろう。恋をし、恋の叶う喜びに日増しに美しくなっていったあの娘はもう消えてしまったのか。
ひゅるひゅる
ひゅるひゅる
紀江は風音を聞きながら、行灯に眼を向けた。虚《うつ》ろな眼差しをしているだろうと思う。見ているだけで何も映さない眼だ。その眼は乾いたままで、一粒の涙も落とさない。
ひゅるひゅる
ひゅるひゅる
己の内から響いてくる音に紀江はいつまでも耳を傾けていた。

第二章　遠い空

中の口から一歩、屋敷内に上がると、微《かす》かな線香の香が鼻孔をくすぐった。奥に進むにつれ、その香りは濃くなっていく。

胸の内に染み入るようだ。

仏間の襖《ふすま》を開ける。仏壇のまだ燃え尽きていない線香から、煙が立ち上っていた。細く長く四寸ほど上り、そこでふいに大きく揺れてくねり、消えて行く。

生身には感じられない気の流れでもあるのだろうか。

紀江は仏壇の前に座り、手を合わせた。

お父上さま、母上さま、美紀子《みきこ》、ただいま戻りました。

三つ並んだ位牌《はい》に胸の内で、語りかける。

一つは、仏壇の奥にずらりと並んだ代々の位牌に紛れるほど古めかしいが、もう一つはまだ新しく黒塗りの表に艶を残す。その傍らに寄り添う如く、一回り小さな牌があった。

母幾代と父新佐衛門、夭折《ようせつ》した娘のものだった。

三年前の夏、新佐衛門は城内でふいに倒れ、そのまま息を引き取った。朝、いつもと変わらず屋敷を出て行った父が、夜、物言わぬ骸《むくろ》として帰ってきた。あの衝撃はまだ、紀江の内で生々しく疼いている。もう童《わらべ》ではない。母の時のように取り乱して泣くことはなかった。泣くことはできなかった。

紀江は喪主を務める夫の傍らで、終始、気丈に振舞い続けた。

父の葬儀を無事に終えれば、夫を新しい当主として披露する仕事が残っている。泣くことも、嘆くことも、喪失に呆然《ぼうぜん》とすることも全て後回しにするしかない。

煩雑な仕事に追われ、瞬く間に日々が過ぎた。急湍《きゅうたん》の流れのように早く、いささかも留まらず、過ぎ去って行った。

今年は、燕の巣立ちを見届けなかった。

紀江がそう気が付いたとき、燕の巣はすでに空になり、空を飛び交う燕の姿も消えていた。空は青く澄んでぎらつく光を失い、風の穂先は冷えて乾き始めている。

人の生死など何の関わりもなく、季節は移ろう。天子さまでも公方《くぼう》さまでも止めることのできない自然の変遷だ。

お父上さま。

空の巣がぼやける。紀江は袂《たもと》に顔を埋め、しゃがみこみ、声を殺して泣いた。新佐衛門の死から二月《ふたつき》、初めて流す涙だった。

仏壇に手を合わせ、父と母と娘に語りかけることが日課となったのは、いつからだったろう。

その日のできごと、自分の見たもの聞いたもの、そして想いを声にならない声で伝える。いつの間にか習いとなった。

今日は額田先生のお見舞いに行ってまいりました。先生もすっかりお年を召されて、しばらくお話をしているうちに眠ってしまわれました。わたしのことを「幾代どの」と何度も呼ばれるのですよ。母上さまとわたしが先生の中では混ざってしまわれているのです。お父上さまのことも、まだ、生きておいでのように語っておられました。若いころ、御前試合で剣を交えたときのことを何度も繰り返されて……お父上さまがお勝ちになったそうですね。見事に面を決められたとか。わたしは、存じ上げておりませんでした。お父上さま、そのようなこと何も教えてくださいませんでしたもの。

「病が癒《い》えたら、今一度、新佐衛門どのと手合わせを願いたい。父君にそう伝えてくだされ」

先生はそうおっしゃられました。それから、悪童のようににやりと笑われて、

「新佐衛門どのとは互角にやり合えもしようが、幾代どのとはちと、無理かもしれん」

とも、仰せになりましたの。わたしが何とお返事しようかと迷っているうちに、その笑み顔のまま眠ってしまわれたのです。

先生の覚えの中ではお父上さまも母上さまも、若く健やかなままなのですねえ。何だか、少し、羨ましゅうございました。


剣の師である額田作之助の老いた寝顔を見ながら、紀江は呟《つぶや》いていた。その呟きが小さな声となって口から零《こぼ》れる。ため息のように、ほろりと零れてしまう。

羨ましい。

夢と現《うつつ》が、今と昔が渾然《こんぜん》となり境目が掻き消えてしまう。死者はよみがえり生き生きと動き、生きている者は朧《おぼろ》な影になる。そんな宇内《うだい》に存している作之助が羨ましい。

許されるのなら、わたしも。

帰り路、紀江は幾度かそんな思いに捉われた。促われる度に、足が止まりそうになる。

許されるのなら、昔に帰りたい。それが幻でも蜃楼《しんろう》でもかまわない。たとえ、一時の夢でもいい。

あのころに帰りたい。

まだ娘と呼ばれていたころ、十六か十七か十八か……。母はすでに彼岸の人ではあったけれど、父は健在だった。紀江は剣を習い、針を遣い、台所に立ち、紀江なりに三百石取りの西野家を支えていた。

新佐衛門は剣士であり質実を徳としていたから、暮らしはいつも質素で、着る物も食する物もつつましかった。贅沢など、まったく縁がなかった。けれど、満たされていた。行く末に心を煩わすのではなく、ときめかすことができたのだ。昨日も今日も明日も、全ての時が眩《まぶ》しく、美しかった。

帰れるものなら、惜しむものなど何一つないものを……。

来し方に心を馳《は》せるたびに、浮かぶ面影があり響いてくる声がある。目を閉じても見え、耳を塞いでも聞こえる。

「紀江どの」男の声が聞こえる。

「それがしが紀江どのを、妻にと望み申した。その心だけはお信じくだされ」

生真面目《きまじめ》で武骨で、しかしどこか甘やかな声音だった。眼差しも同じだ。怖いほど真っ直ぐで張り詰めていたのに、甘美でもあった。胸の奥が熱くなる。湯を注がれたように、熱く濡《ぬ》れていく。

十之介さま。

思わず名を呼びそうになり、紀江は唇を嚙《か》んだ。夫以外の男の名を想いを込めて呼ぶなどと、許されることではない。

「奥さま、いかがなされました」

供をしていた太助《たすけ》が後ろから声をかけてきた。知らぬ間に立ち止まり、佇《たたず》んでいたのだ。慌てて歩き出す。遠くで、昌月寺《しょうげつじ》の鐘が鳴る。空はすでに夕暮れの暗みを含んで、頭上に広がっていた。

線香の煙が流れる。また鼻孔がくすぐられた。小さな嚔《くさめ》が出た。

「馬鹿者めが」

新佐衛門に叱咤《しった》されたように感じた。

「それでも武家の女か。想い一つ断ち切れなくてなんとする」

お父上さま、お叱りくださいませ。けれど、どのようにお叱りを受けても紀江は、想い切ることができませぬ。どうすればよろしいのでしょう。どうすれば、あの方を忘れることができましょうか。

灯明《とうみょう》が揺れた。耳を澄ませてみたけれど、父の声は聞こえない。合わせていた手をた。

膝にもどす。血筋が透けて見えるような白い肌は昔のままだ。けれど、艶は少し失せ

次の正月がくれば、三十になる。三和十之介との縁が潰《つい》えてから十年を越える年月が経ったのだ。

それなのに、わたしはまだ、あの方に心惹かれております。

「奥さま」

おついが廊下にひざまずき、紀江を見ていた。

「お帰りでございましたか」

「ええ、さきほど」

「気が付きませんで、ご無礼をいたしました」

「いいのです。いちいち、わたしを出迎えることなどないのです。いつも言っているでしょう」

「でも……」

おついは小さく息を吐くと、自分の指先に視線を落とした。

おついも老いた。鬢《びん》のあたりに白いものが目立ち、身体が一回り萎《しぼ》んだようだ。

紀江はもう一度仏壇に手を合わせ、腰を上げる。

「旦那さまは、もうお戻りになりましたか」

「あ、いえ、はい……」

「お戻りになったのですね」

「はい。四半刻ほど前にお帰りになりました。でも、すぐにお出かけになりました」

「そう……」

「夕餉《ゆうげ》はいらぬと仰せられましたが」

「そうですか。では、わたしたちだけでいただきましょうか。それなら、とりたてて膳を揃《そろ》えなくてもいいでしょう」

廊下に出る。

暮れかけた空を鳥が影となって過《よぎ》って行く。春の盛りを迎える庭には花の香りが満ちていた。父の好きだった連翹《れんぎょう》や梅の花はすでに散っていたが、これからは桜が咲く。山吹が開く。もう少し夏近くなれば、藤の花が垂れ、池の端に菖蒲《しょうぶ》がすくりと立つ。彩り華やかな季節が訪れるのだ。なのに、なぜ、この夕暮れの光は澄んで物悲しげなのだろう。まるで、晩秋のようだ。

「奥さま」

おつぃが声をひそめる。

「このようなこと、奉公人の分際で口出しするのは憚《はばか》られますが、旦那さまは……」

「憚られるとわかっているのなら、黙っておいで」

「いえ、言わせていただきます」

「おつい」

「このところの旦那さまのご様子、ついには、なんとも合点がいきませぬ。宿直《とのい》でもないのに、何日もお帰りにならない日が続いたかと思うと、今日のようにおみ足を濯《そそ》ぐ間もないほど、そそくさと出かけてしまわれる。どういうことなのでございましょう」

おついの口吻には戸惑いが滲《にじ》み出ていた。腹立ちでなく迷いの色が窺《うかが》える。けれど紀江には、その穏やかな口調さえ痛い。

おついは、紀江がまだ肩上げのとれぬ童のころから西野家で働いていた。幾代に行儀作法を仕込まれ、幾代亡きあとは若い紀江を支えて西野家の奥を守ってきた。だからだろう、奉公人というより肉親に近い情を紀江に抱いている。紀江もまた、そうだった。年の離れた姉のように、若い叔母のように、おついを頼りにしてきたのだ。

やりくりの算段を相談し、他愛ないおしゃべりに興じ、おついの語る思い出話に耳を傾けた。おついは深くて耳に響くよい声をしていて、俗謡や流行《はや》り歌を巧みに唄ってくれたりもした。その声や唄に慰められたことも数多《あまた》ある。

しかし、今はおついの口から零れる夫への懸念を聞きたくない。耳を覆いたい。あるいは、おついの口を塞ぎたい。

「ご不興かと存じますが、今日、旦那さまに申し上げてしまいました。せめて、行き先なりと奥さまにお伝え下さいと。わたしが承り、奥さまにお伝えしますから、と」

「まぁ、おまえったら、そんなことを」

「どのようなお叱りも受ける覚悟で申し上げました。申し上げずにはおられなかったのです。おじょうさまが黙って耐えていらっしゃるのが、ついには堪らなくて……」

おじょうさまと紀江を呼んだことに気づかぬまま、おついは膝の上で指を握りしめている。

「おつぃ」

「はい」

「おまえ、旦那さまがどこぞに女子《おなご》を囲っていると、疑っておるのですか」

露骨な言い方だった。おついが息を呑み込む。

「どうなの。はっきりおっしゃい」

「そんなことは……そんなことは思うてもおりません」

「嘘《うそ》おっしゃい。顔に書いてありますよ。旦那さまには女子がいるに違いない、とね」

「おじょうさま……」

「旦那さまはほんとうに女子を囲っているのかもしれませんね。おまえの顔を見ていたら、そんな気がしてきました」

紀江は口の端を心もち持ち上げ、笑って見せた。

性根の悪い女だと思う。

己のことだ。おついは、心底から自分のことを案じてくれている。百も承知していながら、忠義な奉公人をからかい嬲《なぶ》っている自分を性悪にも、あさましくも感じてしまう。

「わたしも……そうでしたから」

俯《うつむ》いたまま、おついが呟いた。

「わたしの亭主も他所《よそ》に女子がおりました。それも一人だけでなく、二人も三人も……」

おついは一度、城下の紙問屋の主に嫁いでいる。三年足らずでまた、西野家に戻ってきたわけを亭主と死別したからだという以外、詳しくは語らなかった。

「嫁いで一年もせぬ間に、いずれ亭主から離縁を言い渡されるだろうと覚悟を決めておりました。いえ、むしろ、亭主が言い出さなければ、わたしが出て行く心づもりでございました」

「ご亭主は確か……病で亡くなられたのでしたね」

「女子のところで倒れたのです」

おついは明日の空模様の話でもするかのように、淡々とした口調でしゃべり続けた。

「女子のところで倒れて、連絡が来て、店の者が慌てて迎えにいきました。お医者さまが言うには、頭の中の血の筋が切れたとのこと。明日、明後日の命だと引導を渡されました。でも、亭主はそれから半年以上生き延びて、冬が終わるころ亡くなりました。わたしは、主人の七七日《なななぬか》の翌日、婚家から去り、その足でこのお家にまいったのでございます」

「覚えています。わたしが庭にいたら、おまえがふいに裏から現れて……嬉しかった。おまえがもう二度とどこにも行かないと言ってくれて、身が震えるほど嬉しかった。ええ、よく覚えています。ちょうど桜のころだったわねえ」

黒髪に桜の花弁を散らせ立っていたおついの姿が、浮かぶ。

「奥さま」

おついは顔を上げ、紀江を見つめた。眸《ひとみ》に強い光が宿っていた。

「一つだけ、お尋ねしたいことがございます」

「何です」

「旦那さまを信じておられますか」

とっさに、返答ができなかった。おついが、また僅かに膝を進める。

「旦那さまをお信じくださいませ」

「おつい……」

「わたしはできませんでした。信じるどころか亭主が憎くて、憎くて、臥《ふ》したまま動けない、口もきけない亭主に向かって、『これが女房を疎《おろそ》かにした報いってもんですよ。もう二度と女を抱くこともできなくなりましたねえ』と言い募ったりいたしました。今、思い返しても、あのころのわたしは人でなく鬼、まさに鬼女そのものでございました」

「でもそれは、しかたのないことでしょ。そんなご亭主なら誰だって……そうよ、おついのせいでは、ないわ」

西野家の女主人としての面《めん》がくずれ、おついを頼りに生きていた娘のころの物言いがひょこりと現れる。

「ええ、わたしも自分にそう言い聞かせました。しかたない、しかたない。悪いのは亭主だったのだと。でも……」

「でも?」

「でも、奥さま、ついはこのごろ……亭主の夢を見るのでございます」

おついは胸を押さえ、息を吐《つ》いた。唇が白く乾いている。

「夢の中でも、亭主は臥せっております。仰向けのままじっとわたしを見ているのです。何かを訴えるように、ただじっと……本当にせつない眼差しで、わたしはもう胸が潰れるような思いで目を覚まします。看病していたときは、亭主憎しの気持ちに凝り固まって、まるで気が付かなかったけれど、亭主は息を引き取る数日前から、あの眼差しをわたしに向けていたのです。確かに向けていたのです。そのことに、わたしは今ごろ、気が付きました」

おつゆが何を言おうとしているのか、紀江には読めない。ただ、いつもよりずっと真剣で重い物言いに引きずり込まれていく。

おつい、おまえ、わたしに何を言いたいの。

「亭主は養子でした。子のない紙問屋の夫婦に幼いころ引き取られ、育てられたそうです。養子といっても名ばかりで、奉公人より扱《こ》き使われていたと遠縁の者が教えてくれました。ろくに食べ物も与えられぬまま、牛馬のように働かされたとか。亭主の女遊びが激しくなったのが義父と義母があいついで亡くなった直後だったのも、そう聞けば納得がいきます」

「そんな納得の仕方があるものですか。それでは、あまりにご亭主に都合がよすぎます。どんなわけがあっても、おまえが苦労したのは、さんざん泣かされたのは間違いないことでしょう」

おついの目が暮れなずむ空に向けられた。そこにまだ、眩《まばゆ》い光が満ちているかのように、何度も瞬きを繰り返す。

「亭主はわたし以上に辛《つら》かったのではと、思うのです。二親から情を受けず育った亭主の胸の内には、ぽっかりと穴が開いていたのかもしれません。亭主は、その穴を誰かに察してほしかったのではないでしょうか。察してくれる相手を探して、さ迷っていたのではないでしょうか。そう思えば、あの人が不憫《ふびん》で……なぜ、もう少し信じてあげなかったのかと悔やんでおります。いくら悔やんでも、あまりに遅すぎるのですが……」

「まぁ、おつったら、呆《あき》れるほどお人好しだこと」

わざと朗らかな声をあげてみる。

「奥さま、わたしは奥さまに悔やんでいただきたくないのです」

「悔やむ？　わたしが何を悔やむというのです」

「相手を信じられぬままでいれば、必ずどこかで悔いることになりましょう。それが夫婦《めおと》というものです」

おつぃの視線が紀江の顔にもどってくる。紀江は横を向き、目を逸《そ》らした。

「旦那さまはごりっぱな方でございます。わたしの亭主のように淋しさや虚しさを女子で紛らわせるようなお方ではないはずです。奥さま、わたしは旦那さまがどこかに女子を囲っているなどと、一度たりとも考えたことはございません。だからこそ、このところの旦那さまのご様子がどうにも腑に落ちず、落ち着かぬ心もちがいたします。

奥さま、一度、旦那さまとお話を」

「いいのです」

横を向いたまま、おついの言葉を遮る。

「勝之進《かつのしん》どののことはもういいのです」

「奥さま」

「おつい、わたしのせいなのです」

「え？」

「全て、わたしの罪なのです。わかっているけれど……どうしようもないの」

おついは瞬きを止め、背を起こした。紀江は、庭の植え込みのあたりをぼんやりと見やる。そこには薄闇が溜まり、空より一足早く夜が訪れようとしていた。人の視力では清《さや》かに捉えられないけれど、闇は夜に向かって徐々に濃くなっているのだろう。

花の香りを含んだ風が鬢の毛をそよがせる。

薄闇の中からふいに、白い蝶《ちょう》が現れた。ふわりふわりと漂うように飛び遊び、残照の空へと舞い上がって行く。

紀江は胸を押さえ、蝶の行方を目で追う。

植え込みの葉蔭に止まっていた春蝶が夕風に誘われて、浮かれ出てきたに過ぎない。

わかっているけれど、胸が騒いだ。ざわざわと鳴り止まない。

「かかさま、ちょちょが」

幼い声が耳の奥で響く。

美紀子の声だった。

三歳で逝った娘だ。

「かかさま、ちょちょが、ちょちょが」

回らぬ舌で紀江を呼び、覚束《おぼつか》ない足で蝶々を追いかけた。

押さえた手の下で乳房が疼く。乳首の先からじわりと乳が滲みだす気配さえした。

そんなこと、あるわけもないのに。

美紀子……。

紀江の胸に去来した面影を察したのか、おついが頭《こうべ》を垂れる。

乳が疼く。

乳房の奥が熱を孕《はら》み強張《こわば》る。

軽い目眩《めまい》を覚える。

束の間、目を閉じた。瞼《まぶた》の裏にも淡い闇が広がる。蝶々を吐き出した植え込みのそれとは、明らかに異質だ。濃くもならず薄れもせず紀江の内に溜まっている。

この闇はいつのころから、わたしの中に在るのだろう。

美紀子を失ったときから……。

お父上さまが逝ってしまわれたときから……、それとも。十之介さまとの縁が断たれたあの日、ひゅるひゅると幻の風音を聞いたあのときからだろうか。

風が闇を呼び寄せた。

目を閉じたまま、薄鼠色の闇に身を沈める。

「奥さま」

おついの声が遠のいていく。

燕のさえずりが響いてくる。

婚礼の朝、燕の巣の下に卵の殻が落ちていた。拾い上げて手のひらに載せてみる。小指の先ほどの卵の殻は、哀れなほど小さくて薄い。息を吹きかければ、どこかに飛んでいきそうだ。

「雛《ひな》が孵《かえ》ったのですねえ」

おついがはしゃいだ声音をあげた。

「おめでたい日に雛が孵るなんて、吉兆でございますよ」

おついのはしゃぎ声は少しわざとらしい。紀江は「そうね」と短く答え、殻を捨てた。

紀江が藤倉《ふじくら》勝之進と祝言《しゅうげん》をあげたのは、十九の夏、十之介との縁が断たれてからほぼ一年が過ぎたころだった。いつの間にか、季節が一巡りしていたのだ。

季節が一度巡った月日は、新佐衛門が父として紀江の心中を慮《おもんぱか》り猶予してくれた一年だったと思う。娘盛りを終えようとしている紀江を急《せ》かすでなく、焦るでもなく、新佐衛門は縁談についてぴたりと口を閉じていたのだ。

一年が経《た》ち、燕が飛び交い始めた夏の初め、紀江は藤倉勝之進との縁談が整ったことを告げられた。

名前さえ知らぬ男だった。

「お父上さまのお弟子にございますか」

「そうだ。ただし、剣の腕は凡庸だがな」

新佐衛門がさらりと言い切る。

「そうなのでございますか」

「凡庸な剣だ。勝之進なら、おまえと手合わせがしたいなどと、決して言うまいの」

「そうですか……」

「不満か」

金壺眼《かなつぼまなこ》をさらに見開き、新佐衛門が問うてくる。紀江はしずかにかぶりを振った。

「いいえ。不満などございません」

嘘ではなかった。

不満などない。不平もない。夫となる人に、剣の腕など望んではいなかった。

十之介と交わした剣の感触は身体の芯に刻み込まれている。どれほど日が流れようと、僅かも褪《あ》せようとしなかった。

手のひらの痺《しび》れ、脇腹の痛み、背を伝った汗、風を切る音、息遣い、足さばき、合わさった眼の光、そして、一瞬の恍惚《こうこつ》……全てが生々しい。

だからといって、いや、だからこそ望まない。紀江はもう誰とも剣を交えるつもりはなかった。

「藤倉家は四十石取り普請方の家だ。あまりに釣り合いがとれぬと一度は断ってきおった。どのように乞われても二度と手合わせはしない。しかし、わしが是非にと進めた話だ」

「はい」

「明日、勝之進を呼んでおる。もてなすがよい」

「心得ました」

手をつき、頭を下げる。

「訊かぬのか」

顔を上げると、新佐衛門が腕組みをしたまま見下ろしていた。

「勝之進がどういう男か尋ねようとせぬのだな、紀江」

紀江は居住《いずまい》を正し、父に向かい合う。

「お父上さまが、是非にと望まれるほどのお方なら、わたしから申し上げるようなことなど何もございません」

「本心か」

「本心でございますとも。さらに有体《ありてい》に申し上げるなら、お父上さま、わたし、今度の正月で二十歳になります。ご存じでした？」

「当たり前だ。娘の年を数え間違うほど耄碌《もうろく》してはおらんわ」

「二十歳といえば、もう年増の手前ではございませんか。そんな女を妻にと望んでくださるのです。どのようなお方かあれこれ詮索《せんさく》などしたら罰が当たりましょう」

「馬鹿者」

新佐衛門が怒鳴る。怒鳴られるとは思ってもいなかったから、紀江は少なからず驚き、身を縮めた。

「西野家の娘ともあろうものが、みっともない真似《まね》をするな」

「みっともない……わたしがでございますか」

「おまえだ。己で己を貶《おと》しめるなどと見苦しいにもほどがある。恥を知れ」

父は本気で娘を叱咤していた。みるみる顔全体に血の色が上っていく。眉はつり上がり、目は充血して赤い。まさに鬼の面だった。

その形相よりも新佐衛門の憤りの言葉が堪《こた》えた。

自分自身を卑下《ひげ》する心はさらさらなかった。間もなく二十歳となることもさほど気にかかってはいない。ただ、どこかに投げやりな心持ちがひそんでいたかもしれない。縁談も自分の将来もどことなく他人事《ひとごと》のように感じていた。既に人生に区切りをつけたような気分にさえなっていた。

父はその心根をみっともないと叱っているのだ。

「申し訳ございません」

呟きに近い小声で、謝る。謝りながら、己の弱さを恥じていた。欲も想いも捨てられぬくせに、なおざりに今を生きている。

恥ずべきことだ、確かに。

けれど、どうにもならない。どうしてよいか、わからない。

わたしは、こんなにも弱いのだ。

「紀江」

「はい」

「三和が帰藩したことは知っておるな」

「はい」

むろん知っている。知らぬ者は、そういないだろう。それほどたいそうな評判にな三和十之介が兄、甚一郎を惨殺した仇、飯井半三郎を討ち果たし凱還《がいかん》してから、まだ十日も経っていない。

甚一郎を手にかけた直後、出奔した半三郎は追跡をたくみに逃れ、遠く江戸まで逃げ延びていた。しかし、十之介は追い続け、ついにその行方を突き止めたのだ。半三郎は市中の道場で目録を授かったほどの手練《てだれ》であったけれど、十之介の剣が上回った。一対一の果たし合いの末に見事、怨念を晴らした。

紀江が耳にしたのはざっとそのような話だった。小女のお花やおとせが拾ってくる噂話《うわさ》が源だから、どこまでが真実なのか覚束なくはあった。しかし、十之介が武士として弟として藩士としての責を果たしたことだけは確かだろう。

ご無事でお帰りになった。

紀江は胸をなでおろす。

真実がどうあれ、噂がどうあれ、十之介は大きな傷も負わず帰って来た。そのことに、心底、安堵《あんど》する。

仇討の旅は厳しい。追われる者はもちろん、討手として発った者もまた、過酷な日々を強いられる。討つべき相手を探し当て討ち果たすまで、何年、何十年かかろうと故郷に帰ることは許されず、諸国を放浪せねばならない。仇と出会えぬまま路傍《ろぼう》に倒れ、他藩の土となった者も、病に臥し故郷を思いながら息絶えた者も少なくはないだろう。首尾よく仇討を果たしたとしても、すでに幾十年が経った故郷では、親も兄弟も妻も既に世を去っていた……という浦島話も聞いた覚えがある。

十之介さまがそのような目に遭わなくてよかった。

ご無事にお帰りになられてよかった。

「正式に三和家の跡目を継ぐことが許された。しかも、五十石という破格の加禄を賜《たまわ》るそうだ」

新佐衛門の物言いは既に凪《な》いでいた。眼差しだけが鋭い。さようでございますか、と紀江は答えた。

では、十之介さまの苦労は実利としても報われたのだわ。

「飯井の家は既に取り潰されておる。その禄高が百石。丁度半分を、三和家に与えるわけだ。執政の面々もなかなかに抜け目のない真似をするものよの」

口吻に皮肉が交ざる。

紀江は、父の視線を受け止めた。

「お父上さまは、三和さまのご帰藩をお喜びではないのですか」

「戯《たわ》けたことを問うでない。十之介はわしの高弟であるぞ。無事に帰ってきて、どれほど安堵したことか」

「では、他に何かお気にかかることがございますか」

新佐衛門が慌てて眉を押さえる。

「また、動いておったか」

「はい。ぴくりぴくりと忙《せわ》しなく」

新佐衛門は渋面を作り、わざと眉を顰《しか》めて見せた。

「気にかかることなど何もない。あるわけがなかろう」

「でも、先ほどお眉が……」

「言うな。馬鹿者。もうよい、下がれ」

紀江は父の目を覗《のぞ》き込んだ。束の間、そこに翳《かげ》が走ったと感じた。新佐衛門の中に懸念が潜んでいる。それは何だろう。いつもの紀江なら、父の言葉のままに部屋を出ただろう。けれど、新佐衛門の懸念が十之介に関わるのなら、知らぬ振りはできない。

この気持ちは、未練なのだろうか。我執《がしゅう》なのだろうか。

「お父上さま、お聞かせくださいませ。お心の内に何がございます。どのようなご懸念があるのですか」

我知らず膝を進め、詰問の口調になっていた。

「懸念などないと言うておろう。万が一、あったとしても女であるそなたが口を挟むべきものではない。下がれ」

紀江は膝の上に重ねた手に力を込めた。新佐衛門の語調は厳しく、紀江を撥《は》ねつける響きがあった。

引き下がるしかない。

そなたが口を挟むべきものではない。

自分の寝所へと廊下を歩きながら、新佐衛門の一言を反芻《はんすう》する。

政《まつりごと》に関わることなのか。

足が止まる。

新佐衛門は当主として家を治めていたが、意味なく威を張ることも強引に独り勝手に物事を取り決めることもなかった。藤倉勝之進との縁談も、明日、本人に出会い、紀江が嫌だと拒めば無理を通そうとはしないはずだ。

大樹に似た大らかさを新佐衛門は持っている。

昔、幾代が大きな楓《かえで》の樹の下で、幹をなでながら、「この樹はおまえのお父さまのようですねえ」と笑ったことを覚えている。紀江はまだ童だったから、天を突く大樹と父がどう結び付くのか、とんと合点がいかなかった。それでも、母が父を尊んでも、慈しんでもいると察せられて、嬉しかった。

城下一の佳人と謳《うた》われた母は決して美男ではない父の気質、その大らかさを、その公平さを、その磊落《らいらく》さをこよなく愛したのだ。

その父が女であることを理由に、紀江の問い詰めを遮った。容喙《ようかい》は許されぬと言いきった。紀江は片手で胸を押さえた。

新佐衛門は女を軽んじはしなかったが、政道を男のものだとは考えていた。母が存命中から家内で政《まつりごと》について語ることはめったになく、稀《まれ》に口の端から零れ出そうものなら、とり返しのつかない失態を演じたかのように不機嫌になる。

しかし、さっきの父の口吻は不機嫌というより……不安？　あるいは危疑を含んではいなかったか。それは、より切羽詰まった何事かを感じていたからではないのか。

お父上さまがあのような物言いをするのは、政道に関わってのことでしか考えられない。

動悸が強くなる。

十之介の為した快事と政がどこかで繋《つな》がっているのだろうか。むろん、飯井半三郎は罪人であり、その追討は藩主の命、紛れもなく上意によるものだ。執政が関与していないわけがない。それぐらいは、紀江にもわかる。

しかし、事はそれほど簡単なものなのだろうか。

足が止まったまま動かない。

そんな簡単なものではなく、もっと根深い何かが絡まっていたとしたら。お父上さまはそこに薄々とでも、何か勘付いていらっしゃるのでは。

考えても詮無《せんな》い。答えなど摑《つか》めるはずもない。でも……。

紀江は手燭《てしょく》に集まる虫を追うのさえ忘れ、立ち尽くしていた。

翌日、藤倉勝之進が西野家をおとなったのは昼八つを少し過ぎた刻だった。

痩せて、ひょろりと背が高い若者に紀江はどことなく覚えがあった。親しく話を交わしたわけではない。稽古の折り、垣間見《かいまみ》たようでもない。

でも、どこかで……。

思い出せないまま、茶を点《た》てもてなす。

勝之進は寡黙でほとんどしゃべらなかった。それでも、陰鬱《いんうつ》な感じがまるでしないのは、目が澄んでいるからだろうか。

美しい目をしていた。

形もさることながら、白目が青いほど澄んでいる。それが勝之進から武士らしい剛毅さを奪っているのも事実だが、紀江は澄んで美しいものに、素直に心を動かされた。十之介と相対したときのような高鳴りはない。それでいいと思った。あのような想いは、生涯、ただお一人の方にしか抱けないのだと自分をいなした。

これでいいのだ。これで……。

「よいか」

その夜、新佐衛門から念を押され、紀江ははいと答えた。

「よろしゅうに御取り計らいくださいませ」

夏の始まるころ、藤倉勝之進と西野紀江との婚約が整った。

第三章　空蟬《うつせみ》

ふと、背後に気配を感じた。

殺気ではない。

春の日差しのように、淡い温もりを伝える気配だ。

「おじょうさま」

おついが、耳元にささやく。

紀江はゆっくりと身体を回す。

三和十之介がそこにいた。

銀杏《いちょう》の大樹の下だ。

樹齢百年とも伝えられる銀杏は、季節が移ろえば色を変えるとは信じ難いほどの猛々《たけだけ》しい緑に、葉を染めていた。

高鶴寺《こうかくじ》の境内には、蟬《せみ》の声と、長《た》けた夏の光と、銀杏の匂いが満ちている。伽藍《がらん》の影が白く乾いた地に伸びているけれど、その影さえも光に晒《さら》され色褪《あ》せて見えた。

紀江は影の中に立ち、十之介は樹の下に佇《たたず》んでいる。

風が吹き、銀杏の枝が僅《わず》かに揺れた。緑の葉が一枚、回りながら十之介の肩に落ちる。それを摘み上げ、十之介が歩き出した。

紀江に向かって、歩いてくる。

「おじょうさま」

おついがまた、紀江を呼んだ。さっきより幾分か低い声音だった。

「忘れ物をしました」

「え？」

「母上さまの墓前に忘れ物をしました。悪いけれど、おまえ、取りに行ってくれる」

「おじょうさま……」

「おつい、頼みます」

おついの黒目がちらりと動く。眼界の隅に十之介を捉えたのか、口元が引き締まる。

「かしこまりました。行ってまいります」

頭を下げると、おついは足早に伽藍の陰に消えた。

雲が光を遮る。

重く湿った風が吹き過ぎる。

蟬の声がはたりと止《や》んだ。

紀江は身じろぎもせずに、近づいてくる男を待った。

十之介が帰国したと耳にしてから、こんな一時がいつか来ると予感していた。いや、望んでいた。待っていた。

十之介の暑衣《しょい》が翳《かげ》った光にさえ淡く映える。紀江は目を伏せた。

思い出す。

三和家との縁談がまとまり祝言《しゅうげん》の日取りが決まったころ、十之介のためにせっせと小袖を縫ったことを。その小袖を縫い上げた夜、父から破談を知らされたことを。

思い出す。

あの小袖をおついはどう片づけたのだろう。まさか捨ててはいまい。解いて反物《たんもの》に戻したか、他人に譲ったか。仕立て直したか。

目を伏せたまま、考える。

すぐ傍《かたわ》らで十之介の息遣いを聞いた。

「紀江どの」

「三和さまにおかれましては見事にご本懐を遂げられましたこと、まことにおめでとうございます」

声が上ずらないように下腹に力を込めながら、深々と辞宜《じぎ》をする。

「かたじけのうござる」

十之介の声は以前と何一つ変わっていないように思えた。深くゆるやかで心地よい。その声で、言われた。

「紀江どのも……ご婚儀の段、整われたと聞き及びました」

紀江は顔を起こし、十之介を見上げる。

変わっていた。

以前より頬がこけ、顔全体が僅かに鋭くなっている。僅かな僅かな変化。紀江はそれを見逃さなかった。それこそが、己と眼間《まなかい》に立つ男との間に流れた日々の証だ。

わたしは、どうだろう。

そっと胸に手を当てる。

この方の眼に、今のわたしはどのように映っているだろうか。

「息災でおられましたか」

「はい。おかげを持ちまして……」

紀江は瞬きをして、十之介から視線を逸らせた。見詰めていれば、眸《ひとみ》から滲《にじ》み、溢《あふ》れる想いを悟られそうで怖かった。

お帰りなさいませ。

ご帰郷を待ち侘びておりました。許されるものなら、あなたの許嫁《いいなずけ》としてあなたの前に立っていとうございました。十之介さま、わたしは……。

「藤倉は良い男でござる」

「は？」

「良い男でござるよ。性根が真っ直ぐで他人を偽ることがない。むろん、先生もそれを見通したうえで」

「存じております」

十之介の言葉を遮る。

横を向く。

雲が切れ、再び地は眩《まばゆ》い光に晒される。

蟬の声が激しく降り注ぎ始めた。光のあまりの激しさに怯《おび》えているようであり、狂喜しているようでもあった。

「藤倉さまのお為人《ひととなり》は、よう存じあげております」

このときに、この場に、藤倉勝之進が何の関わりがある。唐突に紀江の許嫁の名を持ちだした男に、微かな苛《いら》立ちを覚えた。

勝之進は関わりない。

今ここにいるのは、紀江と十之介の二人ではないか。

「よう存じておりますから、母に伝えに来たのです。今日は母の祥月命日ですので……」

そこまで口にして、あっと小さく声を上げていた。

今日、西野家の菩提寺である高鶴寺で十之介と出逢う。

偶然であるわけがなかった。

十之介がうなずく。

「不躾《ぶしつけ》とは重々、承知しております。が、それがし、どうしても紀江どのにお伝えしたいことがあり、こうして、お待ち申しておりました。たぶん、今日、ご母堂の墓前においでになると拝察いたしましたので」

「はい……」

「無礼な振舞い、ご寛恕《かんじょ》くだされ」

「無礼だなどと……」

十之介さま。わたしは待っておりましたのよ。ずっと、この日をこの刻を待ち続けておりました。焦がれるほど望んでおりました。あなたは、それをお気づきだったでしょうか。

「女人を待ち受けるなどと不躾で、無礼で、浅はかな振舞いです。武士として恥じ入るしかない」

その一言に嘘《うそ》は隻句《せっく》も交ざっていないだろう。十之介の頬が赤らんだ。そうすると、精悍《せいかん》な若侍の面様が俄《にわ》かに童《わらべ》の色を帯びる。

武士としてあるまじき行いだと自らを責めながら、十之介は銀杏の下に立っていたのだ。言葉通り恥じてもいたはずだ。

その逡巡《しゅんじゅん》を、その躊躇《ためら》いを、その羞恥を押し殺して、紀江を待っていた。心が甘やかに蕩《とろ》けていくようでありながら、北焙《ほくばい》に炙《あぶ》られるように疼《うず》きもする。思わずため息を吐《つ》きそうになった。身の内から熱を孕《はら》んだ息が漏れてしまう。

「紀江どの」

「はい」

「それがし、先生の娘御であるから紀江どのとの縁談をお受けしたわけではござらん。紀江どのが希代の剣客であられたからでも、ござらん」

十之介の頬がさらに紅潮する。声が喉《のど》に絡むのか、掠《かす》れて低くなる。それでも、十之介は続けた。低い掠れ声で紀江に告げる。

「それがしが紀江どのを、妻にと望み申した。その心だけはお信じくだされ」

息が詰まる。

胸が震える。

返したい言葉は千も万もある。

お待ちしておりました。

あなたさまだけを待っておりました。これから、もう二度と誰かを待つことはありますまい。

わたしは生涯をかけて、あなたさまを待ち続けたのです。

きつく唇を嚙《か》む。

声を出してはならぬと自分を戒める。

ひとたび、想いを表せば止《と》め処《ど》がなくなる。自分を律する自信がない。慎みも、諦念も、律も、全てを打ち捨てて十之介の胸に飛び込んでしまう。

わたしはそれほどに弱いのだ。

それほどに、脆《もろ》い。

紀江は目を閉じ、気息を整えた。

瞼《まぶた》の裏に、剣を構える己の姿が見えた。

敵を倒すためでなく、我が身を守るためにある。それが女子《おなご》の剣だ。母から教えられた。

「殿御はときに、相手を斬るために剣を振るいます。けれど、女子は自分が生きるために刀を握るのです。悩めばよいし、迷えばよい。悩みも迷いも、そなたのものなら粗略に扱うてはならぬのです。紀江、剣を遣うとは、己と向かい合うことに他なりません。覚えておきなさい」

遥か昔、竹刀《しない》を手に、母は娘に語り遺してくれた。

わたしは弱い。脆い。しかし、ぎりぎりで踏み止まることは、できる。できるはずだ。

あまりに強く噛みしめていたせいか、唇が切れたらしい。口の中に微かな血の味が広がる。

紀江は顔を上げ、唇を結んだ。

十之介が一歩、退く。

「ご無礼つかまつりました。どうか、お忘れくだされ」

深々と低頭する。

踵《きびす》を返し、紀江に背を向ける。

「三和さま」

呼び止めていた。十之介は足を止めはしたが、振り向きはしなかった。

「わたしたちは、あのように……手合わせをするべきではなかったのでしょうか。あれは、間違いだったのでしょうか」

語尾の揺れを気取《けど》られたくない。

そう思うのに、揺れてしまう。乱れてしまう。

十之介は背を向けたまま、かぶりを振った。

「それがしにとってあの試合はかけがえのないもの……生涯の珠《たま》にござる」

「生涯の珠……」

それは紀江にとっても同じだ。

あれほどの鮮烈な想いを他者と分かち合うことは、ない。決してないのだ。

ならば忘れるなど、できようはずがない。

十之介が遠ざかる。

紀江は眼差しだけで、その背中を見送った。不思議と涙は出なかった。銀杏の樹下に十之介を見たときの昂《たかぶ》りは薄れ、胸の奥は冷えていた。代わりのように、重い気だるさが全身を包む。

遠ざかり消えて行った背中を追いたい。縋《すが》りつきたい。情は蠢《うごめ》くけれど、気だるさが情動を抑え込む。

「これで、よかったのよ」

呟《つぶや》いていた。

これで、よかったのよ、紀江。

そう言い聞かす。

あぁ身体が重い。このまま、しゃがみこみたい。俯《うつむ》いた紀江の目に銀杏の葉が映った。さきほど、十之介の肩に止まった葉だろうか。

拾い上げる。

猛々しいほどの緑に見えた一葉は葉先の色をすでに褪せさせていた。夏は知らぬ間に去る準備を始めている。地は次の季節を呼び寄せようとしているのだ。

こんなにも暑く滾《たぎ》っているのに、間もなく涼やかな風が吹き過ぎるようになるのだろうか。信じ難い心持ちがした。

「おじょうさま」

おついに呼ばれた。

「お忘れ物、見つけてまいりましたよ」

「まぁ、これは……」

蝉の抜け殻がおついの手のひらに載っている。指先でそっと摘み上げてみる。伽藍の影から出て、光にかざしてみる。

薄鼈甲《うすべっこう》色の空蝉《うつせみ》が煌《きら》めいた。命のないものとは思われない生き生きとした煌めきだ。

「きれいだこと」

この殻を脱いで蝉はどこに飛び立ったのだろう。

「おつい」

「はい」

「礼を言います」

「いえ、わたしはおじょうさまのお忘れ物を捜しに行っただけでございますから」

「そうね。でもやはり……礼を言わねばなりません。おまえにどれだけ助けられているか。おついがいなかったら……そう考えただけで、なにやら心許《こころもと》なくなります」

「おじょうさま……もったいのうございます。そのようなお言葉を頂けるなどと、ついはほんに果報者でございますねえ。何だかもう、心残りなど何一つないような気がいたします」

「まあ、おつい。それは困ります。まだまだ、心を残してもらわないと。百までも二百までも生きながらえておくれ」

「おじょうさま、そこまで生きると、ついは人ではなく山姥《やまんば》になってしまいますが。それでもよろしゅうございますか」

「まっ、おついったら」

二人の女は顔を見合わせ、忍びやかに笑った。

「ねえ、おつい」

「はい」

「燕《つばめ》の雛《ひな》は孵《かえ》ったかしらね」

「燕でございますか」

おついが首を傾《かし》げる。今年は味噌《みそ》小屋と納戸の軒にそれぞれ燕が巣を作った。新顔だろう味噌小屋の燕は営巣も早く、一度に六羽もの雛が孵り、すでに巣立てるほどに育っている。しかし、毎年納戸の裏に巣をかける燕は、古巣があるにもかかわらずなかなか姿を見せなかった。昨年も遅かったけれど、さらに遅い。

今年はもう、来ないのだろうか。

諦めかけたころ、やっと飛来し番《つがい》で巣の掃除を始めた。

「まぁ、おまえたち呑気《のんき》な夫婦なのねえ。今までどこで何をしていたの」

軒下に立ち、燕たちに声をかける。

二羽のつばくろは人間の女になど、そよ吹く風ほども気を向ける様子はなく、巣の繕いに余念がない。

燕は昨年もこうして巣を整え、卵を生み、雛を育てた。その前も、その前も。来し方を辿れば、まだ肩上げのとれない幼児のころ、母の幾代に手を引かれて燕の巣を見上げた覚えがある。

親鳥がせっせと餌を運ぶたびに、雛鳥たちが揃《そろ》って口を菱の形に開き、姦《かしま》しく鳴き声をあげるのがおもしろくて、飽きもせず見詰めていたものだ。

おそらく、紀江の生まれるずっと以前から、燕は飛来し続けていたのだろう。

燕の寿命がどれほどなのか知らないが、五年も六年も生きながらえるものでもあるまい。だから、毎年やってくる燕が同じ鳥であるはずがない。頭ではよくわかっているけれど、どうしても古い馴染みを待つような心根になってしまう。

どれほどの年を経ても、わたしが老いても、わたしが死んでも、わたしの子や孫や曽《ひ》孫《まご》の代になっても燕たちはここに巣をかけ、ここで雛を孵し育てるのだ。

そう考えれば、ざわめく心が少しは凪《な》いだ。

人の世の変転は目まぐるしくとも、傍らに万年変わらぬ営みがある。その思いは、ささやかな救いとなる気がしたのだ。

燕は今年も来た。

随分と遅れたけれど、ちゃんとやってきた。その遅れを焦るでも、慌てふためくでもなく、悠然と空を飛び交っている。それでも、一昨日あたりから、椀の形の巣に一羽がじっとうずくまり始めた。卵を温めているのだろう。

「間もなくでございましょう。さほど待つまでもなく雛たちが生まれます。また、軒先が賑やかになりますねえ」

おつぃが口元を綻ばせる。

「西野の燕は殊の外、健やかでございますもの」

「そうね。今年もきっとたくさんの若燕が巣立ちをするわね」

「はい。そしてまた来年、帰ってまいりますよ」

「ほんとに……おつい、わたしたちも帰りましょうか」

「はい、そういたしましょう」

おついの提げる手桶《ておけ》の底に銀杏と蟬の殻を置く。緑の葉の上に空蟬はころりと転がった。

蟬しぐれの中を歩き出す。

カナカナカナカナカナ
カナカナカナカナカナ
ひぐらしの高く澄んだ鳴声が響く。

ここにも微かな秋の気配が潜んでいた。

振り向きたい。

唐突に衝迫《しょうはく》が突きあげてくる。

もう一度、振り向きたい。そうすれば、銀杏の樹下にあの方が立っておられるのではないか。お姿を目にすることができるのではないか。もう一度だけ。

紀江どの、お信じくだされ。

もう一度だけ。

止まりそうになった足と心を叱り、前に進む。

未練だ。

未練に溺れては、明日を生きられない。

空蟬でなく現《うつつ》の身体を持つ者なら、過ぎた年月ではなくこれからの日々に向かい合わねばならない。

宿世《すくせ》とはそういうものだ。

だから止まってはだめだ。振り返ってはならない。

十之介は、紀江の呼びかけに背を向けたままだった。

カナカナカナカナカナ
カナカナカナカナカナ
ひぐらしに背を押され、紀江は歩いた。


その日から間もなくの吉日、紀江は藤倉勝之進と祝言をあげた。

納戸小屋の軒下に、小指の先ほどの卵の殻を見つけたのは、祝言の朝だった。

勝之進は寡黙で挙措全般にわたり、もの静かな男だった。声を荒らげることとも、粗暴な振る舞いとも無縁であり、いつも思慮深げな柔らかい眼差しを崩さない。

控え目な物言いや身振りは、小禄の身から三百石の西野家に婿入りしたことを斟《しん》酌《しゃく》してなのかと、最初、紀江は思案したけれど、ほどなく、思い違いだと気がついた。

勝之進の心根には、もともとそのような温和な質があるのだ。

父、新佐衛門は勝之進のその性質を見抜いて婿に迎え入れたのか。

一度、尋ねたことがある。

勝之進が宿直《とのい》の夜、父の着替えを手伝いながら何気なく問うてみた。

「勝之進どのの何がお父上さまのお心に適《かな》ったのですか」

袖なし羽織を着せかけられながら、新佐衛門は首を回し金壺眼《かなつぼまなこ》を細め、娘を見やった。

紀江はついと視線を逸らした。父の眼に臆したわけではない。眉を剃《そ》り、歯を黒く染めた人妻の面様が気恥ずかしかったのだ。鏡に映ったその顔は、老けたとも臈《ろう》たけたとも艶を増したとも思えて、ただ面映《おもは》ゆかった。

「勝之進の何がと訊くか。ふん、妻の身でありながら夫の美質を尋ねねばわからぬとはな」

「わたしは妻としてしか勝之進どのを解せませぬもの。お父上さまのお立場から見えるものとは、また、別にございましょう。そこをお訊《き》きしたかったのです」

「またそのような減らず口をたたきおって」

新佐衛門が舌打ちする。

紀江は前に回り、羽織の紐《ひも》を結んだ。

父に話すべきものではないが、心に掛かる出来事があった。

今日の昼下がり、小者の吉次郎《きちじろう》が涙ぐんでいるのを見かけたのだ。吉次郎はまだ若い奉公人で、勝之進の登下城について歩く。

紀江に気づき、吉次郎は慌ててその場にかしこまった。

「どうしたのです、吉次郎。何かありましたか」

「いいえ、別に。何もありませんです」

「嘘おっしゃい。目の縁が濡れていますよ。どうしました。何か粗相をして旦那さまに叱られましたか」

吉次郎は目を見開き、勢いよくかぶりを振った。

「旦那さまのお叱りを受けたなどと、そんな……めっそうもございません」

そうだろうと、紀江もうなずく。

勝之進だとて、奉公人が粗相をすれば叱りもするだろう。けれど、それは激しくもなく粘りつきもしないはずだ。吉次郎が涙ぐむような叱責をするとは考え難い。

「では、なぜ泣いているのです。理由《わけ》を言ってごらん」

「それは……口惜しくて……」

「口惜しい？」

膝の上で吉次郎の指が握りしめられる。

「奥さま、やつがれは口惜しゅうてなりません」

一言口にすると胸に詰まっていたものが一気に流れ出たのか、吉次郎は止め処なく話し始めた。

今朝の登城のおり、城の中門まで吉次郎は勝之進の供をした。西野家に入ってから勝之進は、勘定方見習いとして出仕するようになっていた。いずれは西野家の家督を継ぎ、勘定奉行の地位に上がることが約束されている。

小者、若党は城の中門より内には入れない。挟箱《はさみばこ》を城中の小者に預け去ろうとしたとき、やはり登城してきた若い男たちが賑やかな声をあげた。

「おや、藤倉ではないか。このようなところで出会おうとはな」

「おいおい、藤倉ではない。今では西野の若殿にござるぞ」

「おお、そうだった。そうだった。四十石の普請方から三百石の婿へめでたい出世をしたのだったな」

「労せずして三百石を手にするとは、実に羨ましいことだ」

「しかし、妻女は稀代の小太刀《こだち》の遣い手であるそうな。亭主どのとしては、だいじょうぶなのか」

「おおよ。下手をすれば斬り捨てられるぞ」

男たちの聞えよがしの大声に、吉次郎は血が上るのを覚えた。しかし、主である勝之進は知らぬ振りをしている。

「旦那さま……」

「捨ておけ。謗《そし》られているのではない。羨ましがられているのだ」

「しかし……」

「捨ておけばいいのだ。いいな、決して構うなよ」

吉次郎に念を押し、勝之進は何事もなかったかのような足取りで城内に入っていった。

「まぁ、そんなことが」

紀江は絶句する。

「奥さま、やつがれは口惜しゅうて口惜しゅうて……思い出す度に口惜しゅうてなりませぬ。あいつら、他の方々の前で旦那さまを嗤《わろ》うたのです。やつがれに今少し腕と度胸があれば……」

吉次郎が言葉を詰まらせる。

「腕と度胸があれば、どうしていたのです」

「それは、奥さま。あやつらを……」

「その方々に斬りかかって行きましたか」

はいと吉次郎がうなずく。真剣な眼差しをしていた。

「敵わぬまでも一太刀あびせてやったものを……それをしなかったやつがれが、情けのうてなりませぬ」

「旦那さまが捨ておけと仰せになったのでしょう。おまえが斬りかかれば、主人の命に背《そむ》いたことになったでしょう」

「されど、あのような無体をむざむざ捨ておくなどと……」

「吉次郎」

紀江は語調を強めた。吉次郎の口吻《こうふん》に、僅かながら主への非難が含まれていたからだ。侮蔑に憤る腕も度胸もないのかと。

「もしおまえがそこで刀を抜けば、わけはどうあれ、お城の御門の前を血で汚すことになったのですよ」

吉次郎の口がぽかりと開く。

「奉公の者が門前で刃傷沙汰《にんじょうざた》を起こしたとあらば、西野の家もただではすみませぬ。軽くても閉門、減封《げんぽう》の憂き目に遭うことになったでしょう。旦那さまはそこまでご深慮の上で、捨ておけと仰せになったのではありませんか」

吉次郎の全身から力が抜けた。両手をついて、平伏する。

「お許しください。やつがれがあまりに短慮でございました」

「わかればいいのです。何事もなかったのですから、騒ぐことはありません。ただ、これから同じようなことがあっても、決して逸《はや》ってはなりませんよ。いつでも、旦那さまのお言いつけに従うことだけを考えるのです」

「お言葉、肝に銘じます」

紀江は立ち上がり、軽く息を吐いた。

どうなのだろう。

雲の多い中空を見上げながら考える。

勝之進は、西野の家のために吉次郎を諫《いさ》めたのだろうか。それとも、単にもめごとを起こすのが億劫《おっくう》だったのか、怖かったのか。

城内での悶着《もんちゃく》は厳しく罰せられる。狭量な小人を相手に窮境に陥るのも馬鹿げたことだ。だから、勝之進の行動は正しいのだ。間違いではない。腑に落ちる反面、拘《こだわ》りも残った。

男たちは勝之進だけでなく、妻の紀江までも嘲弄《ちょうろう》の種にしたのではないか。だとすれば、思慮も分別もかなぐり捨てて怒ってほしかった。冷静なまま、立ち去ってほしくなかった。

そんな思いもちらりと心裡《こころうち》を過《よぎ》っていく。それに、吉次郎の話が全て真であるなら、勝之進は人前で露骨な嘲弄、挑発を受けたことになる。そこに背を向けるのは、武士《もののふ》としていささか胆力に欠けてはいまいか。腑甲斐《ふがい》無《な》い男よと、それこそ嘲笑《わら》われはしまいか。

深慮なのか、臆病なのか。

悠然と構えているのか、小心者に過ぎないのか。

紀江は判じかねていた。

だから、新佐衛門に尋ねてみた。

藤倉勝之進のどこを見込んで、婿にと望んだのか。

「あれは恥じることを知っておる」

手を止め、跪《ひざまず》いたまま紀江は新佐衛門を見上げた。

「恥じることを、でございますか」

「そうだ。男子たるもの、いや、人たるもの己を恥じる、廉恥《れんち》の心を持ってこそ真の人と言える。厚顔無恥ほど浅ましいものはないと心しておけ」

「はい」

「おまえの夫となる者を選ぶとき、わしが第一義としたのは、家格でも剣の腕でもない。廉恥を知っておるかどうか、それのみよ」

では、十之介さまも……。

「三和も勝之進も共に恥じることを知っておる」

新佐衛門はさらりと十之介の姓を口にした。

「二人とも人として申し分あるまい。それなら、家格の釣り合う三和をと思うたまでだ。藩は家格の釣り合わぬ縁組をどちらかと言えば厭《いと》うておるでな」

「はい……」

「納得したか」

「はい」

「紀江」

「はい」

「申し付けておく。勝之進はそなたの夫だ。そなたは勝之進の妻として添い遂げねばならん。夫の身上をあれこれ詮索《せんさく》する愚は、今宵限りにいたせ。わかったな」

「申し訳ございませぬ」

昼間、吉次郎がそうしたように、紀江も手をつき、頭を低くする。

「はしたない真似《まね》をいたしました。どうぞ、お忘れくださいませ」

「忘れよう」

新佐衛門は膝をつき、娘の肩に手を置いた。

「紀江、夫婦《めおと》とはな、長きを共に生きる者だ。綺麗事だけでは済まぬことも、誤解を重ねることも、心が行き違うこともままある。そこを乗り越えねば、夫婦としては生きて行かれぬぞ」

「あら、お父上さま」

紀江は身を起こし、父を真っ直ぐに見詰めた。

「お父上さまと母上さまは、どのような誤解を重ねられたのですか。お心の行き違いがあったのですか。そのような話、お父上さまからも母上さまからも、一度として伺ったことがございませんでした。後学のためにも、ぜひ、お聞かせくださいませ。ぜひぜひ、聞きとうございます」

「ばっ、馬鹿者が。まったくおまえだけは、どこまでも懲りない娘だの。勝之進の苦労がしのばれるわ」

新佐衛門がくしゃりと音がしそうなほど顔を歪《ゆが》めた。それが可笑しくて紀江は袂《たもと》で口を押さえ、肩を震わした。

笑いながら、心の隅でため息を吐《つ》く。

勝之進に何の不平があるわけでもないのだ。父に言われるまでもなく、この方と生涯を添い遂げるのだと覚悟を決めている。

そう、何の不平も不満もない。

寡黙だけれど冷淡ではなく、控え目ではあるけれどいささかの卑下《ひげ》も感じられなかった。中門の一件だとて、勝之進だから大事に至らずにすんだのだ。一つ間違えば、今頃、西野家は上を下への騒動に巻き込まれていたはずだ。

なるほど、新佐衛門の目に狂いはなく、人としての品性は確かなものなのかもしれない。

りっぱなお方なのだわ。

だから、紀江は己を責めるしかなかったのだ。十之介への想いの前には、どのような男も褪せてしまう己の心を恨むしかない。

子が欲しかった。

男でも女でもいい。

勝之進との間に子が欲しかった。

十之介とは決して果たせないことを勝之進との間に為したかった。子を挟んで向かい合えば、滾《たぎ》る情とは異質の想いが生まれるような気がした。全霊の剣を打ち合わせる高揚ではなく、落ち葉の道を二人歩くような穏やかな情を交わせる気がした。

それなのに、閨《ねや》で勝之進が手を伸ばしてくれば身を強張《こわば》らせてしまう。拒むわけではないけれど、上手く応えることができない。

肌も心もざわざわと波打って殻を作ってしまう。ぎごちない夫の愛撫に解けることができない。

怖くて、苦しくて、痛いばかりの交わりに、紀江は唇を強く結んで耐えた。

その夜も同じだった。

宿直が開けた日の夜、勝之進が求めてきた。

「あ……」

心とはうらはらに、いや、正直に身体は強張り固まってしまう。勝之進の指が乳房や太腿に触れるたびに、強張りがさらに強くなるようだ。

「紀江」

勝之進が途方にくれたような覚束《おぼつか》ない呼び方をした。

「辛《つら》いのか」

どう答えればいいのか戸惑い黙していると、身体がすっと軽くなった。勝之進が自分の床に戻ったのだ。

起き上がり頭を垂れる。

「申し訳……ございません」

「何を謝る」

「このような失態……お許しくださいませ」

「失態ではなかろう」

夫が苦笑する気配が伝わって来た。行灯《あんどん》の明かりさえない部屋は暗く、何もかもが闇に沈んでいる。気配だけしか察せられない。

「無理をするな」

「でも……」

「無理をすることはないのだ」

「でも……」

「そのような情けない顔をするものではない」

手首を摑《つか》まれ引き寄せられた。

「そのような顔は紀江には似合わぬ。もういい。ゆっくり眠れ」

紀江は目を閉じ、夫の胸に顔を埋めた。誰かに抱かれて眠ることなど、忘れて久しい。何だか童にかえった心持になる。張り詰めていたものが緩み、抗《あらが》い難い眠気に襲われる。

そのような情けない顔を……。

では、この方は闇の中でもわたしの顔が見えたのだろうか。

眠りに落ちる寸前、男の香りを嗅いだ。

「十之介さま」

呟いていた。

自分が誰の名を呼んだかに気付き、紀江の全身の血が一時に凍りついた。大袈裟ではなく、血の流れのことごとくが冷え固まった気がしたのだ。

眠気が吹き飛ぶ。

夫の胸に抱かれながら、他の男の名を呼んだ。手打ちにされても仕方のない裏切りだ。

裏切り。

手酷《てひど》い裏切りではないか。

血が凍れば、身体は動かなくなる。紀江は勝之進の腕の中で、目を見開いたまま息を詰めた。

寝息が聞こえる。

憤怒の問い詰めでも、激しい叱責の声でもなく、穏やかな寝息が聞こえてくる。勝之進はすぅすぅと乱れのない気息の音をたてている。紀江は頭をもたげ、闇の中に目を凝らした。夫の細面の寝顔が闇の向こうに淡く浮かぶ。

笑っていいのか、泣いていいのかわからない。わかっているのは、自分が愚かな道化者であることだけだ。

泣くでもなく、笑うでもなく、紀江は闇の底に横たわっていた。まんじりともせぬまま松籟《しょうらい》を聞いていた。

第四章　巡る季節

身籠った。

そう悟ったのは、燕《つばめ》の巣を見上げている時だった。

味噌《みそ》小屋の下だ。

数年前からここに営巣するようになった番《つがい》が姿を見せたのは、如月《きさらぎ》の終わり、花の香りが濃厚に漂い始めるころだ。

紀江が生まれる遥か前から、納戸小屋の軒に巣をかけていたはずの燕は、去年からはたりと姿を見せなくなっている。日に日に勢いを増す日差しを浴びながら、主のいない空巣は冷え冷えと暗く目に映った。

「後嗣《こうし》に恵まれなかったのではないか」

燕の不帰を気にかける紀江に、勝之進は笑いながらそう答えた。

「そのような……、毎年、雛《ひな》はたんと孵《かえ》っておりますのに」

「そうか。では、みな分家してしまったのかもしれんな。それで、本家が廃《すた》れてしまった、とか」

「それは、ちょっと験《げん》が悪うございますねえ」

下城した夫の着替えを手伝いながら、紀江も微笑《ほほえ》んでみる。頬の辺りが強張《こわば》り、妙にぎこちない笑みになっていると、自分でわかっていた。

勝之進に皮肉を言われたと感じたのだ。

おれも後嗣に恵まれぬぞ、と。

勝之進と夫婦になってから、既に二年の月日が流れていた。

子は未だない。

懐妊の兆しが一向に訪れないことに、誰より紀江自身が焦り、苛立《いらだ》っていた。紀江の焦燥を嗤《わら》うかのように、月のものはきちりきちりと律儀にやってくる。

「お子は、天からの賜り物でございますよ。人の心のままに授かるというわけには参りません」

おついに言われた。その通りだ。いくら焦っても、子が授かるわけもない。父の新佐衛門も勝之進も、子を待ち望む素振りなどおくびにも出さない。紀江一人が、気を揉んでいる。

子が欲しかった。

男でも女でも、勝之進との間に子が生まれれば、償いができる。そんな気がしてならなかったのだ。

償い。他の男を心の一隅に住まわせている自分が、どうしてもその男の面影を拭い去れない女が夫に償うとすれば、勝之進の子を生み、育て、母と呼ばれ父と呼ばせる、それしかないように思えるのだ。そして、母となることで、十之介への想いに区切りをつけられる。そうも感じていた。

三和家の家督を正式に継いだ十之介は、昨年妻を娶《めと》り、既に男子を一人、為していた。妻、楽子《らくこ》は筆頭家老磯村九重太夫《いそむらこのえたゆう》の近縁の娘であったから、十之介の手腕いかんによっては執政の座もあながち夢ではないと、人々は噂《うわさ》し合った。

十之介のことが忘れられない。

それがしが紀江どのを、妻にと望み申した。その心だけはお信じくだされ。

あの一言を消し去れない。

竹刀《しない》を交わした刹那、身体の奥深く匂い立った快感は今でも鮮やかによみがえってしまう。罪だとはわかっている。十之介を想い続けることは、罪なのだと。けれど、どうしようもない。

心とは誰のものなのだろう。

己の内にありながら、己の意に従わない。あらぬ方向に疾走し、迸《ほとばし》り、荒れ狂う。

何と厄介な……。

子を生めば、母になれば、この厄介な代物も少しは落ち着いてくれるのではないか。

わたしと勝之進どのと赤子と、三人で波立たぬ日々を送れるのではないか。

紀江の、祈りに近い思いだった。

しかし、二年が経っても身籠る気配はない。焦りに、心が少しささくれだっていたのだろうか、勝之進の何気ない一言に笑みまで強張らせてしまった。

「そうだな。廃れるなどと、いささか軽率な物言いだったな。いや、すまん、すまん」

「まっ、おやめくださいまし。謝っていただくようなことでは、ございませんもの。むしろ、わたしが至りませんでしたのに」

「そなたが？　そなたのどこが至らなかったのだ」

「それは……」

紀江は思わず俯《うつむ》いてしまった。いつの間にか尖《とが》ってしまう物言いが恥ずかしい。疑い深く、容易《たやす》く僻《ひが》んでしまう性癖に我ながら呆《あき》れてしまう。

勝之進が皮肉など言うわけがなかった。さらりと淡泊で、何事にも深く拘泥《こうでい》しない。野心すら淡かった。かといって、流されるままに生きている風でもない。妻であれ誰であれ、他者に嫌味や皮肉を投げつけるような人物ではないのだ。

水鏡のようだ。

紀江は夫を、そのように感じていた。

澄んだ水面に似て、人を映し出す。覗《のぞ》きこめば、そこには粉飾もごまかしもなく、ただありのままの自分が映るのだ。清いものは清く、歪《ゆが》んだものは歪んで、映る。勝之進といると、紀江は自分の卑屈な横顔や、臆病なくせに剛情な面を見てしまうのだ。気がついてしまう。そして、恥じる。

少し、息苦しい。

勝之進の傍《かたわ》らで、紀江はいつも僅《わず》かな息苦しさを覚えていた。

「そなたに至らぬところなど、何もないだろう」

「まぁ、それはわたしには過ぎたお言葉、もったいのうございます」

着替え終わり、勝之進は涼やかな帷子《かたびら》姿になった。紀江の縫った暑衣《しょい》だ。

おついの足音が聞こえてきた。自室でくつろぎ、やや濃い目の茶をすする。その一時を勝之進は殊の外愛《め》でていた。おついも心得たもので、着替え終わるのを見計らい、茶と干菓子を運んでくる。

茶を一口味わい、勝之進は妻の名を呼んだ。

「紀江」

「はい」

「言うてみろ。そなたは、自分の何が至らぬと思うておるのだ」

「それは……たくさんございます」

「たくさん、か。では、たくさんの内の一は何かな」

紀江は身体の向きを変え、勝之進の熨斗目《のしめ》を手早く片づけた。

「……子ができぬことでございましょうか」

「それは、そなたのせいだけとは限るまい。おれに非があるかも知れんじゃないか」

勝之進の口調が砕ける。そうすると語尾に若さが滲《にじ》み出た。

「おれが他所《よそ》に子でも作っているのなら、紀江のせいだと言い張れるが、そういうこともないしなぁ」

「あら、本当でございますか。隠し子がおられるのなら早めにお教えくださいまし」

「だから、おらぬと言ってるんだ。あ……そういえば」

「お心当たりがございましたか」

「いや、おれではなく、大伯父のことだ。流行《はや》り風邪がもとで亡くなったのだが、その葬儀のおり、女が二人、それぞれに一子を連れてきてな。どちらも、大伯父の子だと言い張って、ちょっとした騒ぎになった。うん、そのとき大伯母はまだ健在だったが、烈火のごとく怒って、葬儀の最中、泣くどころか大伯父の棺を鬼女の様相で、睨《にら》みつけていたな。怒髪天を衝《つ》く、そのままの有様で子どもも心にも怖ろしいと思うたものだ」

「まぁ、それではご葬儀どころではありませんでしたのね。それにしても、女子《おなご》が二人とは、なかなかに……」

「剛の者だろう。もっとも、その子たちが本当に大伯父の子だったかどうかはわからん。葬儀に押し掛け、故人の子だと言い張って、幾ばくかの金子《きんす》をせしめる。そういう手合いがいるらしいからな」

「それは初耳でございました。心しておきましょう」

「そうだな。おれの葬儀のとき、ゆめゆめ騙《だま》されてくれるなよ」

「承知いたしました。旦那さまを睨みつけたりはいたしません」

「安心した」

紀江は口元を隠し、密《ひそ》やかに笑った。

勝之進と言葉を交わしていると、よく笑えた。今のように密やかに笑うことも、思わず噴き出すことも、小さく声をあげて笑うこともあった。笑えることは幸せだ。勝之進は紀江を幸せにしてくれる。

それなのに息苦しい。

笑いながら、どこかに嘘《うそ》を感じてしまう。嘘を貼り付けた顔が水鏡に映し出されるようで、いつの間にか、息を詰めている。

知らず知らず、夫に隔たりを作ってしまう自分自身が苦しい。

愚かなこと。

胸の内で、己を蔑《さげす》んでみる。

勝之進が顔を庭に向けた。

「燕が鳴いたな」

「ええ、鳴き交わしておりますね」

「燕という鳥は、なかなか愛らしゅう囀《さえず》るものなのだな」

「はい。目白や鶯《うぐいす》には及びませぬが、雀《すずめ》ほど姦《かしま》しゅうはございませんね。何やら、清々とした気がございます」

「夏の鳥であるからかのう」

「さあ……」

「燕は万里の海を渡ると言うが、あの小さな体のどこにそれだけの力が潜んでおるのだろうか」

「ほんとに、強い鳥でございます」

力尽きて、波間に消えるものもいるのだろうな。勝之進は庭を見据えたまま、呟《つぶや》いた。紀江も、夕暮れの光に包まれた庭を見やる。花の季節はとうに終わった。青々と茂った木々の葉が、風に揺れて音をたてている。

燕の囀りはその音に交じり合い絡み合い、夏の気配をいっそう濃くしているようだった。

もはや子を望むのは、叶わぬことかしら。

半ば諦めかけたとき、紀江は自分が身籠ったことを知った。月のものが遅れ、全身がどことなく重く、食欲が失せていた。

もしやの思いと、糠《ぬか》喜びに終わる危惧《きぐ》と不安が綯《な》い交ぜになって、紀江を落ち着かなくさせる。落ち着かない気分のままに、味噌小屋に足を向けた。味噌を作るのは、西野家では妻女の務めの一つとなっている。祖母も母も達人で、西野家の味噌は献上品になるとまで称されたらしいが、紀江では、なかなかそこまでいかない。針や剣ほどには才がなかったらしい。それでも、円《まろ》やかな味わいを新佐衛門も勝之進も好んでくれた。

味噌作りは冬仕事ではあるが、味噌は年中使う。その日も、味噌入れの壺を提げて、小屋に向かっていた。

小屋は夏の間、風を通すため開け放してある。風が吹き通れば真夏でも涼やかだ。そこに一歩、踏み込もうとしたとき、雛の声を聞いた。呼ばれた気がした。普段は耳慣れて気にも止まらない鳴き声に、名を呼ばれた気がしたのだ。

紀江。

足を止め、目を向ける。

燕の巣の真下だ。

既に羽の生え揃《そろ》った雛が一羽、紀江を見下ろしていた。視線が絡まった。射干玉《ぬばたま》に似た黒く丸い目は瞬《まばた》きもしない。じっと紀江を見詰めている。

すっと、影が過《よぎ》った。

親鳥が餌をくわえて戻って来たのだ。雛が一斉に声を上げる。

身体の芯がふいに熱をもち、鼓動を刻む。

とくん、とくん。

とくん、とくん。

紀江はそっと腹を押さえた。

わたし、身籠っている。

間違いない。

「奥さま、どうされました?」

味噌小屋から、おついが覗く。

「おつい、わたし……」

紀江は頬を染めて、おついに笑いかけた。

赤子が生まれたのは、翌年の春、桃の花が匂い始めるころだった。桃の花のように愛らしい女の子だった。

「どれほどの佳人になることか。これは、先が思いやられる」

勝之進が産衣《うぶぎ》の嬰児《みどりご》を眺めながら、真顔で言う。おかしかった。

「さようでございましょうか。幾分、ましにはなりましたが……、生まれたときには、お猿さんそっくりでございましたよ。ええ、ほんとに、少しましになって、安堵《あんど》いたしましたもの」

「馬鹿を申せ。そなたの目は節穴か。この子は類まれなる佳人となるぞ。うーん、親としては、まったく先が思いやられる」

「あら、類まれなる佳人だと、なぜ先が思いやられるのです？　むしろ、楽しみでございましょう」

「年頃になれば、求婚者が門前、列をなすぞ。かぐや姫の如しだ。まさか断るのに火鼠《ひねずみ》の皮衣を持ってこいとも言えまい」

紀江より先におついが噴き出した。

紀江もつられて笑い出す。そこに赤ん坊の泣き声が加わり、桃の花の香が混ざり、西野家の奥座敷は花やいだ空気に包まれた。

紀江が何より意外だったのは、父新佐衛門が美紀子と名づけられた初孫《ういまご》に夢中になったことだ。まだ産屋明《うぶやあ》きも終わらぬ赤ん坊をしげしげと見詰め、勝之進とよく似た科白《せりふ》を口にした。

「幾代に瓜二つではないか。見れば見るほど似ておるのう」

「母上さまに？　でもまだ、顔立ちは定まりませんでしょう」

「いやいや目元などそっくりだ。おぉこれは絶世の佳人となろうの。先が案じられるが悪い虫がつかぬよう、爺《じじ》が見張ってしんぜるによって、美紀子姫どの、ご安心召されよ」

相好《そうごう》を崩して赤子を抱く新佐衛門からは、剣士としての厳格さも勘定奉行としての威厳も、まるで抜け去っている。孫可愛さに目が眩《くら》んでいる好々爺《こうこうや》より他の何者でもなかった。

新佐衛門も勝之進も出仕した昼下がり、おついと言葉を交わす。傍らには美紀子が眠っていた。

「ねえ、おつい。赤ん坊というものは不思議なものですねえ」

「そのように思われますか」

「ええ。こんなに小さくてか弱いのに、殿御を手もなく骨抜きにしてしまう。どんな艶な女より手に負えないような気がするわ」

「ほんに、赤子にはどれほどの剣才であろうと商才であろうと通用致しませんからねえ。これほど強い者はおりません」

「お父上さまのお顔など、蕩《とろ》けてしまって」

「はいはい、まことに。あのようなお顔、ついは初めて拝見いたしました。この前など、美紀子さまにそっと頰ずりされているのですよ。周りに誰もいないと思われたのでしょうね」

「まぁ、それは美紀子もいい迷惑だわ」

「大泣きされましたよ。当たり前でございますよねえ。それで、わたしがお責めしたのです。赤ん坊の肌は柔《やわ》いのです。せめて髭《ひげ》ぐらいあたってから、頰ずりなさってくださいと。そうしたら、大旦那さま、ひどく慌てられて、よもや花の容《かんばせ》に傷をつけてはおるまいなと、それはもうおろおろと……」

「まぁ、お父上さまのそのようなご様子、わたしも見たかったのに。惜しいことをしてしまった」

堪《こら》え切れなくなったのか、おついは俯き、肩を震わせた。

紀江も袂《たもと》で口を覆った。母の笑い声の中で、美紀子は無心に眠り続けていた。

あのころ、一生分の笑いを笑い尽くしたような気がする。

紀江は、ときおり思いを馳《は》せる。

新佐衛門がいて、美紀子がいた。日々の中に、ささやかではあるけれど確かな笑いが根を張っていた。十之介と出逢った娘のころが甘やかでせつない輝きに照らされているとすれば、母となったこのころは、忙《せわ》しいけれど心満ちた穏やかな色合いに縁取られていた。

そのように思う。

どちらも、二度と戻って来ない。

人はなぜ、こうも容易く失うのだろう。

笑いを、輝きを、穏やかに過ぎていくときを、あまりに易々と奪われてしまう。奪われ、奪われ、取り残され、独りになる。

生きるとはそのようなものなのだろうか。

美紀子の養育に夢中になっていたとき、このような深い穴に心が落ち込むとは考えてもいなかった。

美紀子はよく乳を飲み、よく眠り、日に日に育っていった。笑うようになり、人見知りを覚え、歯を生やし、這い這いを始める。生まれ月が巡ってくる前に「とぅと」「かぁか」と父母を呼ぶ言葉を覚えた。「じぃじ」はそれより一月あまり遅れたが、美紀子が初めて口にしたときの新佐衛門の喜びようは、おかしいほど大仰なものだった。

「美紀子、もう一度、この爺を呼んでくれぬか」

「じぃじ」

「おお、なんと賢い子であろうか。褒美になにをとらそう。紅いべべがよいか。人形がよいか」

「じぃじ」

「そうか、そうか。よし、わかった。二つとも爺が買うてやろうの。だから美紀子、健やかに大きゅうなれよ」

美紀子は健やかに育っていった。新佐衛門の言葉通り、幾代の面影を宿した顔立ちをしていた。よく肥えて、豊かな表情を見せてくれる。

五つになったら小太刀《こだち》を教えよう。

紀江は密かにそう決めていた。幾代から紀江へ、そして美紀子へ、小太刀の技と太刀を握る心が受け継がれていく。それは、亡母への何よりの供養であり、娘へのかけがえのない音物《いんぶつ》に思えた。

そのことを告げたとき、勝之進は珍しく戸惑いの表情を見せた。

「それは……できれば考え直してもらいたいな」

「あら、小太刀を教えてはなりませんか」

「いや、ならぬのではないが……父親より強うなられると、いささか困る」

「まっ、旦那さまったら」

笑う紀江に向かい、勝之進は、

「いや、ほんとうに困るのだ」

と繰り返していた。そのくせ、翌日には玩具の竹刀を買ってきた。

柄に薄桃色の布が巻きつけてあって、愛らしい。三つになったばかりの美紀子は、
竹刀が気に入ったのか、きゃあきゃあと笑いながらいつまでも玩《もてあそ》んでいた。おついが
その耳に何かをささやく。うなずいて、美紀子は勝之進に竹刀の先を向けた。

「ととさま、ちょうぶ」

「は？　ちょうぶ？」

「おや、美紀子さまはどうやらととさまに勝負を挑んでおられるようでございます
よ」

おついが澄まして言う。

「ととさま、ちょうぶ、ちょうぶ」

「いや、それは待て。おい、紀江、こういうときはどうすればいいのだ」

「旦那さま、いたしかたございません。美紀子に斬られてやってくださいまし」

「ちょうぶ、えい」

美紀子が竹刀を振り回す。

「うわっ、やられた。む、無念」

勝之進が倒れる振りをする。美紀子は声をあげて笑った。

「もっと、もっと」

父親にせがむ。せがまれて、勝之進は何度も斬られ役を演じた。

そこに、新佐衛門まで加わり、座敷はさらに賑やかになる。

「馬鹿者、武士たる者が、子を相手とはいえ、斬られる真似などやっていかがする。もうやめろ、引っ込んでおれ。よしよし、美紀子、今度はこの爺が相手をしてやろうの」

「じぃじ、ちょうぶ、ちょうぶ」

「おう、美紀子は強い。爺では勝てぬのう」

「お義父上《ちちうえ》、お義父上も斬られておりますが」

「わしはよい。年寄りじゃからの。老い先短い者はどんな真似をしてもよいのだ」

「そんな……いささか承服できかねますが」

男たちのやりとりが可笑しい。紀江は笑った。おついも笑う。

美しい桃の花のような一時だった。

美紀子が与えてくれた美しい日々だった。

美紀子がふいに高い熱をだしたのは、三つの夏だった。その日の昼過ぎ、朝から珍しくぐずり気味の美紀子をおついに託し、紀江は家を出た。親戚筋の娘が嫁ぐことになり、祝いの品を急ぎ選ばなければならないのだ。

美紀子のことは、さほど案じてはいなかった。いくら丈夫とはいえ、病知らずのまま育つ子などいないし、去年もこの時期、美紀子は熱を出し、三日ほどぐずったのだ。

それに、おついがついている。

案ずることはない。

紀江の気持ちはむしろ、久々の外出に浮き立っていた。年若い女人への祝いの品を選ぶのは楽しい。けれど、それとは別に、紀江には挿し櫛を一つ、購いたい気持ちがあった。少々値が張ってもいい。丁寧に拵えてある物、何年か後、成長した美紀子に手渡せるような品が欲しかった。母が簪を遺してくれたように、娘には挿し櫛を譲り渡したい。女の子を生んでからずっと、心に置き続けた想いだったのだ。

母上さまも、このように考えてくださったのかしら。

どんなに知りたくても知ることのできない母の心根に、思いを寄せてみる。

おついの代わりに、梅という小女を供にして、紀江は城下の主だった店を回った。これはと手を伸ばした品が法外な値であったり、手頃な値のものがどうにも気に食わなかったり、思いの外、時間がかかってしまった。

書をよくするという娘のために蒔絵の硯箱を注文し、店を出たとき空は仄かに夕暮れの気配を漂わせていた。光を弾いて表通りは白くぎらついているけれど、路地の隅にはうっすらと闇が溜まり始めていたのだ。

紀江は少し焦った。

櫛は今度にしよう。

急ぐものではなし、今度は美紀子を連れて来ればいいわ。

ふっと泣き声が聞こえた気がした。「かかさま」。出かけるときの潤んだ声と眼差しが浮かんでくる。

美紀子が待っている。早く、帰らねば。

速めようとした足が、釘づけになる。半歩、踏み出した足をそのままに、紀江は目を見張って立ち尽くした。

道の向い側を恰幅《かっぷく》の良い武士が歩いている。非番なのか、肩衣《かたぎぬ》をつけない小袖、袴姿だ。

息が詰る。身体の芯が固く縮まるように感じた。

十之介さま。

三和十之介だった。十之介は仇討ちを見事やり終えた後、城主の覚えもめでたく、順当に出世の階段を上っていた。いや、駆け上がっていた。今は小姓組筆頭番士を務めるが、今年の内には差立御番頭《さしたてごばんがしら》、さらに数年後には組頭に重用される手筈《てはず》になっている。そんな風説が紀江の耳にも入っている。

耳に入る度に、紀江は強い違和を覚えていた。

十之介は剣士である。紛れもなく剣士だ。そのことは紀江が自分の剣と身体で確かめた。そういう男に、出世とか手筈などという俗な言葉は似合わない。地と月ほども隔たりがある。執政の座に就くことなど、十之介が望んでいるわけがない。もし、順当な出世のように見えるなら、それは階段を上っているのではなく、抗《あらが》い難い渦に巻き込まれ流されているのではないか。

紀江にはそう思えてならなかった。

どれほどの剣士であっても、定めという渦には抗えない。流され、引《ひ》き摺《ず》りこまれ、思いもよらぬ所に運ばれてしまう。

運ばれたところで、懸命に生きるしかない。

紀江がそう思い定めたように、十之介も覚悟を決めたのではないか。せめて、精一杯生きてみようと。

十之介は既に新佐衛門の許《もと》を辞して、稽古に顔を出すことはなくなっていた。他の門弟たちのように時折、ひょこりとやってきて、庭の隅の稽古場で、気の済むまで竹刀を振るうようなことは一度としてなかったのだ。

紀江が十之介にまつわる噂から耳を塞ぎ、姿を見ぬように心砕いていたのと同様に、十之介もまた紀江から遠ざかろうとしていたのかもしれない。

近づいてはいけない男であり、追ってはいけない女だった。

その十之介が歩いてくる。

腕組みをして、やや俯きかげんに歩を進めていた。

何かの思案に心を奪われているのか、紀江には気がつかない。少し年を経た横顔は、若さと精悍さを欠いた代わりのように陰影を濃くし、様々なものを背負い込んだ大人の深みを刻んでいた。

十之介さま。

心の内で叫ぶ。

十之介さま、紀江はここにおります。

目の前を米俵を積んだ荷馬車が過ぎる。からからと車輪の音が響き、土埃《つちぼこり》が舞い上がる。一台、また一台……。

荷馬車が全て通り過ぎたとき、十之介の姿はどこにもなかった。路地を曲がったのか、どこかの店に入ったのか。

「奥さま？」

一向に動こうとしない女主人をいぶかしんで、梅が首を傾《かし》げる。

「どうかなさいましたか」

「え？　あ……いいえ、別に何でもありません。さっ、帰りましょう」

歩き出す。傾き始めた日差しがちりちりと首筋を焼いた。

「まだまだ、暑うございますね」

梅が間延びした口調で言う。紀江はろくに答えなかった。後ろにいるのがおついでなくてよかったと思う。おついなら、この乱れた心を隠しきれなかった。

紀江はそっと胸を押さえた。手のひらにどくどくと鼓動がつたわってくる気がした。戸惑ってしまう。

十之介に出逢ったことにではなく、いまだざわめく心に戸惑ってしまうのだ。

わたしはどこまで業《ごう》の深い女子《おなご》であろうか。

奥歯を強く噛《か》んでみる。

夫との間に子までなしながら、まだこのように惑っている。なんという業の深さか。

夏の下午《かご》、歩き回った疲れのせいか身体が重くなる。背中を汗が伝う。軽い目眩《めまい》までした。足を引きずるようにして、やっと屋敷近くまで辿り着いたとき、

「あれ？　あれは、吉次郎さんではありませんか」

梅がやや頓狂にも響く大声でそう言った。若い梅は、暑気にも疲労にも萎《しお》れていなかった。

「吉次郎？」

上げた視線が、小者の吉次郎の姿を捕えた。一目散に駆け寄ってくる。今にも転《まろ》び

そうな勢いだった。

「あれまぁ、何をあんなに慌ててるんだろう」

梅が娘特有の軽やかな笑い声をたてる。

紀江は笑えなかった。

不安が圧《の》し掛かってくる。吉次郎が泳ぐように手を揺らした。

「奥さま、奥さま、おじょうさまが」

「美紀子が！　いかがしたのです」

「おじょうさまが、たいそうなお熱を出されて……おっ、お医者さまが、早く奥さまをと」

吉次郎が言い終わらないうちに、紀江は走り出していた。

美紀子、美紀子。

廊下を駆け、美紀子の部屋に一歩、踏み込んだとたん、紀江は悲鳴をあげそうになった。

美紀子が横たわっている。

目を閉じたまま荒い息を繰り返していた。唇は白く乾いているのに顔色はひどく赤らんで、黒っぽく見える。

傍らにおついと総髪の医者が座していた。

「美紀子、母ですよ。美紀子」

娘の手を握り、再び悲鳴が迫《せ》り上がってきた。辛うじて呑み込む。

美紀子の身体は信じられないほど熱かった。まるで、内側に火種を抱えているようだ。

「奥さま、申し訳ございません」

おついがひれ伏す。

「わたしがお側《そば》に居ながら……お許しください」

「おつい、これはいったい……何があったのです」

「お昼食を召しあがるまではお元気だったのです。少しお昼寝をされて、お目が覚められると急に泣き出されて……奥さまを捜して……どうお慰めしても泣きやまず、すぐにお腹《なか》の物を全て吐き出されてしまわれました。そのまま、お身体の力が抜けてしまって……先ほどまでは、奥さまを呼んでおられたのですが……。お昼寝のあたりからご様子はおかしかったのです。いつものようにお休みにならなくて……頭が痛い、かかさまを呼んできてと……、わたしは聞き分けが悪いとかかさまはお戻りになりませんよと……おじょうさまに……おじょうさまは本当にお苦しかったのに、わたしは……」

伏した肩が震える。紀江は縋《すが》るように医者を見た。

「お熱が外に出るのではなく、内に籠もっておられたようです。それがお頭《つむり》に来てしまったようで」

二代に亘り、西野家の掛かりつけ医を務めている中年の医者は、それだけ言うと口元を歪めた。

「美紀子はどうなります。どのようにすれば治りますか」

どれほど高直《こうじき》な薬であっても買い求める。生き胆《ぎも》が必要だと言われれば、この場で己の腹を切り裂いてもかまわない。

「先生、どうかお助けくださいませ。お願い致します」

「出来る限りのことはいたします。しかし、おじょうさまのご容体が予断を許さぬものであることは確か。お覚悟が必要かと存じます」

覚悟？

何の覚悟をせよと言うのだ？

美紀子を諦めよとの意か？

それが医者の言葉かといきり立つ心を抑え、紀江は娘の耳元でささやく。

「美紀子、母はここにおりますからね。もう、大丈夫ですよ。大丈夫だから目を開けなさい。美紀子、美紀子」

娘の名を呼ぶ度に涙が溢《あふ》れそうになる。

泣いてはいけない。涙はさらなる疫鬼《えきき》を呼びよせる。強くならねば、わたしが強くなって、美紀子を守らねば。

美紀子の熱い手を握ったまま、紀江は項垂《うなだ》れているおついに声をかけた。

「おつい、おまえに落ち度はありませんよ。むしろ……」

むしろ責めは自分にある。

気儘《きまま》に、店々を回っていた自分が、何も知らず品選びに夢中になっていた自分が、なにより、十之介に心乱されていた自分が責められるべきなのだ。母であることを忘れていた。その間隙《かんげき》を病に衝《つ》かれた気がしてならなかった。己の業が美紀子に災厄をもたらしたとしか思えなかったのだ。

おのれを責め笞《むち》打つことで、紀江は気丈でいられた。そして、気丈に振舞うことで、美紀子を守れるような気がしていた。

病などに、我が娘を渡すものか。

袖を絞り、鉢巻を絞め竹刀を手に試合に臨む。そんな心持だった。

しかし、紀江は敗れた。

美紀子は昏々《こんこん》と眠り続け、二日目の朝、薄目を開けた。寝ずに付き添う紀江に笑いかけた。

「かかさま」

紀江を呼んだ。それが最期の笑みであり言葉だった。薄く目を開けたまま、美紀子が長い息を吐き出す。母に手をゆだねたまま、身体中の息根を全て吐きつくし、紀江の娘は静かに逝《い》った。

わずか三歳。

まだ明け遣らぬ夏の光が障子越しにぼんやりと、幼女の死面《しにがお》を照らしていた。

美紀子の死は西野家の人々の内に、大きな穴を穿《うが》ってしまった。紀江はむろん、勝之進も新佐衛門もおついもその穴の大きさ底知れなさに、身を竦《すく》ませ喘《あえ》いでいた。子を失うとは、こういうことか。

豊かに実っていたものが一夜で萎《しぼ》んでしまう。爛漫《らんまん》と咲き誇っていた花が束の間に散ってしまう。青々と茂っていた草原が知らぬ間に枯れ果てている。

荒涼とした石の原が広がっているだけだ。

穴の向こうに見え隠れする風景に紀江は、吸い込まれそうになる。あそこに美紀子がいるのなら、どれほど荒れ果てていようと淋しくあろうと躊躇《ためら》いはしない。すぐにでも、飛び込んでいく。

「紀江さまっ」

おついの悲鳴にふっと我に返ると、井戸端に佇《たたず》んでいたことがあった。一度、二度……。

「紀江さま、紀江さま、紀江さま」

おついは紀江の名を幾度も呼び続けながら紀江に縋って来た。

「お止《や》め下さいまし。お止め下さいまし。紀江さま」

おついに縋られながら、紀江は井戸を覗き込む。黒い水が溜まっていた。ぞくりとした。

「ねえ、おつい」

しんと冷えた声で話しかける。

「……こんなところに、美紀子はいないわねえ」

「え？」

「あの子、暗い場所が大嫌いなんですもの。こんな暗くて怖いところにいるわけないわね」

「はい……。おじょうさまなら、もっと温かくて美しいところで遊んでいらっしゃるはずです」

「そうね……」

花に埋もれて楽しく遊んでいる。そう思えばほんの僅かだが、胸の内が楽になる。

美紀子、どこにいるのです。そこから、かかさまが見えますか。かかさまはあなたに小太刀を教えることも、櫛を譲ることもできなくなったのですねえ。

おついがそっと背を押してきた。

「さ、中に戻りましょう。間もなく、旦那さまがお帰りになられます。夕餉《ゆうげ》の支度をいたしませんと」

「もう、そんな刻？」

「はい」

誰を失っても、月日は過ぎる。暮らしは回る。

新佐衛門はめっきりと老けた。それが初孫を失った痛手からくる老化であることは明らかだった。勝之進はやや口数が減っただけで、以前とさほど変わらぬまま淡々と日々を生きている。美紀子の死からいち早く、抜け出たようにも見えた。

お強いお方。でも、少し薄情すぎまいか。

口にはできない一言を、紀江はそっと噛み締める。噛み締める度に、勝之進との間に亀裂が走る気がした。亀裂は溝になり、堀になりやがて、飛ぼうとして飛び越せない懸河《けんが》になるのではないか。

そうは感じていても、紀江は自分から勝之進に添っていくことができなかった。美紀子のいない一日一日を生き延びるだけで精一杯だったこともある。十之介への未練を抱えた心に負い目を感じていたこともある。紀江は勝之進との間が少しずつ冷めていくのを、他人事のように手を拱《こまね》いて眺めていた。

新佐衛門の部屋に呼ばれたのは、そんなころ、夏と秋が鬩《せめ》ぎ合っている時季だった。その宵は、夏が勝っているようで、蒸し暑い空気がどんよりと地を覆っていた。

「小太刀の方はどうじゃ」

紀江が部屋に入るなり、新佐衛門は問うてきた。

「このところ、手にとっておりませぬ」

「そうか」

新佐衛門が立ち上がる。紀江が身を引いたほど唐突な動作だった。

「では、久々にわしが稽古をつけてやろう。支度をせよ」

「今からでございますか」

「そうだ」

「でも、もう暗うなりますが」

「まだ宵の明るさが、十分に残っておる。なんじゃ、紀江。そなた父の剣に臆しておるのか。ふふん、所詮、女の剣とはそんなものか」

新佐衛門が露骨に挑発してくる。紀江は父の真意を計りかねた。

励ますためなのか、叱咤《しった》のためなのか、憂いを微かでも除くためなのか。なにゆえに、父は剣を握れと言うのか。真意は計れない。父が紀江との手合わせを望んでいるのは、わかる。ならば、従うしかあるまい。

竹刀を手に紀江は、父と向かい合った。

「いざ」

「よし、来い」

新佐衛門は竹刀を八双に構えた。紀江は青眼の構えのまま、するすると後退《あとずさ》り、間合いを取る。父の剣には尋常でない速さと力があった。容易《たやす》く飛び込んでいける相手ではない。しかし、

「つぇーぃっ」

紀江は気合とともに、新佐衛門に向かって竹刀を振った。

守って守って守り抜く。それが幾代から教わった剣の真髄だった。守りながら攻めに転じる機会を狙う。その剣筋は一創流にも通じるものがある。つまり、父は紀江の剣を熟知しているのだ。それなら、守勢に回るより攻撃に出た方が勝機には近い。そう考えた。

紀江の竹刀は苦もなく払われた。二の太刀が肩口を襲ってくる。それを防ぎ、紀江は下がると見せかけて前に出た。二の太刀を払ったとき、父の構えが微かだが綻《ほころ》びたのだ。

踏み込む。

しかし、切っ先は届かなかった。新佐衛門が素早く身を引いたのだ。紀江の踏み込みより、僅かに速かった。

あっと思った刹那、首筋に衝撃がきた。竹刀が地面に転がる。

「まいりました」

紀江は襷《たすき》を解いた。

「ふむ。まだ幾代には及ばぬな。踏み込みが甘い」

「……はい」

「もう半歩、踏み込め。さすれば相手に届く。それと、首根を打った剣の動きをよく見極めろ。あれが一創流の動きだ。小さく反転し目にもとまらぬ速さで上がり、斜め横から打ちおろされる。一撃必殺の剣だ。動きを頭に叩き込んでおけ」

「はい」

そう返事はしたものの、紀江は父がなぜ今、剣の指南を始めたのかまるで腑《ふ》に落ちない。まるで、誰かとの戦いを想定したかのような稽古ではないか。

「お父上さま、これはなぜに」

紀江が問う前に新佐衛門は背を向けた。

「お父上さま……」

ふと視線を感じた。振り返ると、勝之進が立っていた。懐手に、紀江を見詰めている。

「まぁ、いつのまにそこにお出ででしたの」

「お義父上《ちちうえ》に、ちと用事があってな。ついでに見物させてもらった」

「お恥ずかしゅうございます」

「いや……、しかし、紀江」

「はい？」

「うむ。まぁ、いい」

勝之進は腕を解き、紀江の前を通り過ぎる。そのまま、廊下に上がり、挨拶もせぬまま新佐衛門の部屋に入っていった。

障子戸がぴしゃりと閉められる。

薄闇の中に一人残された。紀江はしばらく、行灯《あんどん》の灯を映し出す障子を眺め、そっと踵《きびす》を返した。

草叢《くさむら》の中で、秋の虫が鳴き始めた。

第五章　変転の空

父、新佐衛門が亡くなったのは、夏だった。

ひどく暑かった。

道も木々も家々の屋根も道行く人の影さえも、晒《さら》されたように白っぽく目に映った。空には薄雲一つ浮かばず、ひたすらに青い。あまりに青くて、黒ずんでさえ見えたほどだ。

蟬《せみ》が鳴き、燕《つばめ》が蒼天を飛び交う。この世には蟬と燕と光しかないのでは、そんなことを思うともなく思ってしまう一日《ひとひ》だった。

その朝、紀江は、

「父上さま」

新佐衛門の身支度を手伝いながら、ふと呼びかけていた。呼びかけて、後に続く言葉が出てこない。

とりたてて、父に告げることも問うこともなかった。ただ、呼んでみたかっただけだ。母を亡くしたころ、こういうことがよくあった。新佐衛門に絶え間なく声をかけ、ときに袖を引っ張った。

「お父さま」

「お父さま」

「お父さま」

父と目を合わせたかったのだと思う。くぼんで丸い父の金壺眼《かなつぼまなこ》で紀江自身をしっかりと見詰めてもらいたい。その剛力な眼差しで、母を失い、どこか虚ろに軽い心をしっかりとこの世に繋《つな》ぎ止めて欲しい。幼子なりに必死に望んでいたのだと思う。

新佐衛門は必ず紀江を見詰め返してくれた。黙って抱き上げ、武骨な手で背を撫《な》でてくれた。

「お父さま」

太い首に縋《すが》りつく。

父の匂いがして、ほっと一つ、息が吐《つ》けた。

「案ずるな、紀江」

父の声が父の身体の奥から響いてくる。

「何も案ずることはない。父がここに居るではないか」

「お父さま、お父さまはどこにも、行かれませぬか」

「おう、行かぬとも。紀江を残してどこにも行くものか」

「お城へも？」

「城か……城へはいかずばなるまいの。武士の務めは果たさねばならんからの。しかし、一時のことじゃ。すぐに、帰ってくる。帰ってきて、紀江をこうやって抱き上げてやるぞ」

「はい」

「良い子で父を待っておれるか」

「はい。おついと一緒に待っております」

「そうか、紀江は賢いの。ほんに良い子じゃ」

父が笑う。大きな目がすっと細められ、驚くほど柔和な面差しになる。紀江はまた一つ、息を吐く。

あの夏の朝、なぜ、父を呼んだのだろう。紀江はもう母を亡くした童《わらべ》ではなかったのに。

新佐衛門が振り向く。

「どうした？」

「いえ。お袴をお手伝いいたします」

半袴を結ぶために、父の前に回る。

痩せたなと思った。

もう十年以上、こうして父の身支度を手伝ってきた。身体の変化は手にとるようにわかる。以前は、襠《まち》から伸びた紐を固く結べば、押し返すような弾力が確かにあったのに、今は、骨のごつごつとした手応えだけが残るのだ。

父上さまはとてもお痩せになったのだわ。

それは、孫娘を失った痛手ゆえだろうか。それとも……。

このところ、新佐衛門は帰宅してすぐに、自室にこもることが多くなった。縁に腰かけ、ぼんやりと思案することも、眉間に皺《しわ》を寄せて考え込むことも多くなった。

部屋に勝之進が呼ばれることが増え、紀江が遠ざけられることが度々となった。

「勝之進としばし、語り合うことがある。茶はいらぬ。用があるときはこちらから呼ぶゆえ、寄らずともよいぞ」

そんな一言の後、ぴしゃりと戸を閉められる。

父と夫が、閉じられた障子戸の向こうで何を語り、何を聞くのか紀江には思い及ばない。紀江が遠ざけられる以上、政《まつりごと》にまつわる話だろうとは察せられた。それがどのようなものなのか、推し量れないのだ。推し量ろうとする気力が湧かない。美紀子を失ってから、紀江の根気はめっきりと衰えた。何もわからない。わからなくてもい い。

紀江が知っているのは、勝之進がさらに寡黙になり、父がそれとわかるほどに痩せたことだけだ。

半袴の紐をきっちり結ぶ。

「紀江」

「はい」

「お前は勝之進の妻だ」

膝をついたまま、父を見上げる。

まあ、お父上さま、今さら何を仰せです。そのようなこと、当たり前ではございませんか。

笑いながら、あるいは、やや生真面目《きまじめ》にそう返せばいいとわかっているのに、返答ができない。

新佐衛門が軽く咳払《せきばら》いをした。

「形のことを言うておるのではないぞ。心に刻んで、決して忘れるなと言うておるのだ」

新佐衛門の口調は厳しかったけれど、眼差しは柔らかく、優しかった。

「お父さま」と縋る幼子を見詰める、そんな目をしていた。

「勝之進を支えろ。力の限り尽くせ。それが、おまえの務めだ」

「はい」

うなずきはしたものの、父の口調にも眼差しにも微《かす》かな違和を覚えた。

新佐衛門は紀江を勝之進の妻として至らぬと叱っているわけでも、世間一般の心得を説いているわけでもない。静かに、懸命に伝えようとしている。

そんなふうに感じられた。

遺言。

後になって紀江は、あの一言が新佐衛門の遺言ではなかったのかと繰り返し考えた。考えても詮無《せんな》いこととわかってはいるけれど、考えずにはおれなかった。

「おまえの母がこの父を支えてくれたように、おまえも勝之進を支えて生きろ」

「はい」

紀江は畳に指をついた。

「父上さまのお言葉、しかと胸に留めてまいります」

新佐衛門が呟《つぶや》く。

「それに相応《ふさわ》しい男だ」

「は？」

「勝之進は、お前が全てをかけて支えるに相応しい男だ」

すっと手が伸び、紀江の頭に触れた。

「紀江は良い子じゃの。良い子じゃ、良い子じゃ」

「まぁ、お父上さまったら」

天井を仰ぐように顎《あご》を上げ、新佐衛門はからからと大笑した。乾いた笑い声が部屋に響く。

「あらっ」

紀江は小さく肩を竦《すく》めた。

燕が一羽、開け放された縁側から舞い込んできたのだ。燕は慌てたのか激しく鳴きながら、天井近くを旋回する。

「まぁ、父上さまのお声に誘われて、迷い込んでまいりましたよ」

「ふむ。粗忽《そこつ》者はどこにでもおるらしいの」

もう一度、笑い声をあげ、新佐衛門は廊下へと足を踏み出した。

「いってまいる」

「お気を付けて、いってらっしゃいませ」

それが父と交わした最後の言葉だった。

西野家の家紋、松葉菱を染め抜いた肩衣《かたぎぬ》が遠ざかる。燕が部屋から抜け出て、空へと向かう。粗忽者とは思えない強靭《きょうじん》な飛翔だった。小さな体が黒い光となって、風景に焼きつく。

あぁきれいだこと。

蒼天に穿《うが》たれた漆黒の光に紀江は、目を細めた。

「父上さまは、なぜ、亡くなられたのでしょうか」

勝之進に問うたのは、四十九日の法要を終えた夜だった。まだ、昼間には夏がべとりとくっつき、立っているだけで汗が滲《にじ》むようであるのに、夜はすでに秋の気配を孕《はら》み冷やかでさえあった。

線香の煙が漂う仏壇の前に勝之進と座る。母の幾代と娘の美紀子、父の新佐衛門の位牌《いはい》が寄り添うように並んでいた。

父はなぜ、死んだのか。

新佐衛門が物言わぬ骸《むくろ》として帰宅したときからずっと、胸にわだかまっていた問いかけだった。

父はなぜ、死なねばならなかったのか。

新佐衛門は下城間際、詰め所に顔を出し、そこにいた若い武士たちと二言、三言、言葉を交わしたという。それから、廊下に出て間もなく唐突に膝からくずおれた。胸を押さえ指で空を掻き、そのまま息絶えたというのだ。

医者の診立ては、心の臓の発作だった。

「心の臓の発作だ」

医者の診立てそのままを勝之進が口にする。線香の匂いを確かめるように、息を吸い込んだ。

「納得がいきませぬ」

紀江は身体の向きを変え、勝之進ににじり寄った。

「父上さまが心の臓の発作などと、わたしにはどうしても納得できませぬ」

「紀江」

「父上さまは確かにこのところ、お痩せになってはおられました。でも、心の臓が苦しいなどと一度もおっしゃったことはございませんでした。それなのに、あのような亡くなり方、わたしは納得ができませぬ」

どう納得せよと言うのだ。

からからと笑い、いつもと変わらぬ様子で登城した父が、僅か数刻の後に骸となって帰ってきたなどと、どう納得できるのか。どう納得すればいいのか。その手立てを教えて欲しい。

勝之進は腕を組み、目を閉じる。

何かを思案しているのか、妻の取り乱した言動を静かに拒んでいるだけなのか、紀江には読み取れない。

「勝之進さま、何をしておいでだったのです」

不意に問い言葉が転がり出た。ひどく尖《とが》っていた。

「父上さまといつも部屋にこもり、何の密談をしていらしたのですか」

問い詰める。ややあって答が返ってきた。

「あれと義父上《ちちうえ》のご急死は何らかかわりない」

にべもない言い方だった。

「勝之進さま」

「もうよい、言うな」

勝之進が目を開け、腕を解いた。

「どのように言うても、義父上は戻りはせぬ」

紀江は顎を引き、息を呑み込んだ。およそ勝之進らしくない猛々しい語調だ。つき放すような冷たさを感じる。

わかっている。どのように嘆いても、喚《わめ》いても、苦しんでも、逝《い》った者は戻ってはこないのだ。二度と戻りはしない。

わたしは子を失った母だ。そんなことは骨の髄までわかっている。

わかっていながら口にしたのだ。口にしなければ、張り裂ける気がした。閉じた口を抉《こ》じ開け、喉を突き破り、悲鳴がほとばしる気がしたのだ。

こんなこと、納得できない。

美紀子を失ったときも、身悶《みもだ》えした。あまりの理不尽、あまりの非情に乳房を掻きむしった。声を上げて泣く気力さえ奪われていた。美紀子の死は理不尽で非情だった。けれど、全て目の当たりにはできた。小さな命が消えて行くのをつぶさにこの目で見続けた。それは、とてつもない苦役であると同時に、その死を受け入れるしかないことを紀江に納得させてもくれたのだ。

しかし、新佐衛門の逝き方はあまりに唐突だった。何の気配も予兆もないまま、父は逝ってしまった。

納得できない。

この現《うつつ》をどうしても肯《うべな》えない。

「紀江」

勝之進が呼ぶ。

「はい」

紀江はさらににじり寄った。

「おれは、しばらくは西野勝之進のままでいようと思う」

そう告げたあと、勝之進は視線を庭へと流した。そこは墨で塗りつぶしたように黒い。闇が深く厚く、全てを包み込んでいた。

「……それは、西野家の家督を継がぬとの仰せにございますか」

「そうではない。義父上の名を頂くことをしばらく控える。そういうことだ」

「それは、なぜでございます」

すでに勝之進の跡目相続願いは、藩に受理されている。全ての手続きが済み、西野家の新当主として、勝之進は新佐衛門の名をも継ぐ手筈《てはず》になっていたのだ。

「義父上、いや、先生の御名をいただくには、我が身はあまりに覚束《おぼつか》ないからだ。先生は大きなお方だった。剣士としても、人としても。おれなどとうてい及ぶものではない」

「それは……」

勝之進は西野家の後継者だ。新佐衛門の名を継ぐのは当然ではないか。人の器の大きさとか、剣士としての力量に拘《こだわ》り避けるものではあるまい。

「でも、いつまでも新佐衛門の名を継がぬというわけには、まいりますまい」

「確かに」

「旦那さまは、いつになれば名を継ぐ覚悟をなさるのですか」

「わからぬ」

あまりに無体なと続けたい思いを辛うじて、押し止める。

「おれがいつ、新佐衛門の名に相応しい者になれるのか。それがわからぬ。それができたとき、堂々と先生の御名を頂戴したい」

「旦那さま」

紀江は勝之進を見詰める。わたしは今、切っ先に似た目をしているだろうと。

それを感じる。さきほどの言葉よりさらに、尖った眼差しをしている。

「わたしに何かを隠しておられますか」

勝之進の眉間に皺が刻まれた。口元が一文字に結ばれる。

ほんとうに嘘《うそ》のつけないお方だ。

いつもなら、微笑《ほほえ》ましくもある勝之進の性質が、今はただ苛立《いらだ》たしい。いや、そうではない。

勝之進は嘘のつけない純朴なだけの男ではなかった。

得体が知れない。

寡黙で温和で純朴な面をびりびりと剝《は》がせば、何が現れるのか。妻である紀江でさえ、計り知れないのだ。新佐衛門の名を今は継げぬと言い切る裏にあるものが、偉大な師への慮《おもんぱか》りなのか他の何かなのか、窺《うかが》い知れない。

どういうお方なのかしら。

妻となり、七年あまりが過ぎた。

七年の間に、勝之進も紀江も娘を授かり、奪われた。決して安穏ではない日々を生きて来たのだ。

魂がふと、寄り添ったようにも、遠く隔たったようにも感じたことがある。そんな年月の果てに紀江はまだ、惑っている。

どういうお方なのだろうか、と。

勝之進が立ち上がった。

「どちらへ？」

「調べ物がある。部屋にこもるゆえ、そなたは先に寝ておれ」

「旦那さま」

小袖の裾を摑《つか》み引っ張りたい衝動を堪《こら》え、紀江は努めて平静な声を出そうとした。

「まだ、わたしの尋ねにご返答を頂いておりませぬ」

お答えくださいまし、勝之進どの。

わたしに何を隠しておられます。

父上さまは、なぜ、亡くなられたのでございますか。

どうか、お教えくださいませ。

勝之進どの。
勝之進は敷居の前で足を止めた。止めただけで振り返ろうとはしなかった。
「今はまだ何も言えぬ。しばし、待て」
「旦那さま、でも」
腰を浮かした紀江の前から、勝之進は足早に去っていった。線香の香りと煙の漂う仏間に一人、残される。
ころころころ
ころころころ
庭の闇底から、蟋蟀《こおろぎ》の音《ね》が湧き上がってくる。身体が揺れた。
ころころころ
ころころころ
不意の目眩《めまい》に、紀江は両手で顔を覆《おお》った。目を閉じて床に伏す。
ころころころ
ころころころ
板の間の冷たさが心地よい。頬をつけたまま、蟋蟀の音を聞く。
ころころころ
ころころころ

「お父さま……」

呼んでみる。幼い子どもにかえり、呼び掛けてみる。

「お父さま、お父さま、お父さま」

何十回、何百回呼んでみても、新佐衛門は答えてくれない。

紀江は良い子じゃの。良い子じゃ。良い子じゃ。

あの日、戯れに撫でてくれた父の手を思う。

涙が溢《あふ》れた。あっと声をあげそうなほど熱かった。熱い雫《しずく》が次々と頬を伝う。新佐衛門の葬儀の後、二度目の涙だった。

一度目は、燕の巣の下で泣いた。

空っぽの巣だ。新佐衛門の逝った夏は、雛の巣立ちを見届けなかった。いつの間にか、燕たちはどこかに飛び立ってしまったのだ。

何もかも、誰もかれも、消えてしまう。わたし一人が留まっている。そう思ったとたん涙が溢れたのだ。

今も零《こぼ》れる。止まらない。涙は紀江を戸惑わせるほどに熱く頬に染みた。嗚咽《おえつ》が込み上げる。

みんなみんな、どこかに行ってしまう。わたしの手の届かない空へと昇ってしまう。

ころころころ

ころころ
蟋蟀の音に風の音が重なる。闇がさらに暗さを増す。
闇と風と蟋蟀の音に包まれ、紀江は密《ひそ》やかに泣き続けた。

あれから三年が経つ。

美紀子を失ったときも、新佐衛門の死を知ったときも、季節が巡るなどとうてい信じられない心持ちがした。

しかし、季節は巡る。人の営みは続く。死ねぬのなら生きて行くしかない。心を定めて、紀江は黙々と日々を生きてきた。

紀江を支えたのは針と剣だった。

針はおついを相手に、ぼそりぼそりととりとめのないおしゃべりをしながら遣う。娘に縫ってやれなかった愛らしい模様の小袖、父に似合いの涼しげな帷子《かたびら》、母に捧げるつもりの品の良い小紋。

紀江は日がな針を動かす。手元の暗さにやっと日の暮れを知ることも度々だった。

「紀江さま。あまり、根をお詰めになりますとお身体に障《さわ》ります。いいかげんになさいませ」

おついが本気で案じる。

「そうね、もうこれくらいにしておきましょう」

そう答えはするものの、手はなかなか止まらなかった。こうして縫いあげた小袖や帷子を紀江は祝いの品に添えてみたり、季節の挨拶がわりに贈ってみたりした。着る者のいない衣ほど虚しいものはない。主のいない館のようなものだ。縫いあげたばかりでも、仄《ほの》かに荒廃の気配を漂わせる。

だから、惜しげもなく贈る。紀江の縫いあげた衣に手を通してくれる誰かに、贈る。

「お紀江さまの縫われた衣の美しいこと」

「ほんとに、他の着物とはどこか違います。優しいというか、身につけて、こちらが優しくなれるような心地がいたしますわね」

「頂いた帷子を身につけたわが旦那さま、心なし男ぶりがあがったような気がいたします」

「ほんとに？　それは、少し身贔屓《みびいき》ではございませんか」

「まっ、ひどい。よくおっしゃること」

「でも、お紀江さまの小袖は確かに女ぶりをあげますわね」

「ええ、ええ。嘘でなく美しくなれます。あれは、ほんとに不思議」

「わたし、もう一枚、縫って頂きたいわ。この秋、実家の弟の嫁とりが決まりましたの」

女たちの間で評判になり、反物《たんもの》を携えて懇請にくる者もかなりいた。紀江はほとんど拒まなかった。むしろ快く引き受け、せっせと針仕事にいそしんだ。

誰かが喜んでくれる。誰かの喜びになる。この小袖が、この帷子が、この小紋が生きている女を、男を、娘を、子どもを包む。

針を遣いながら身にまとった者の温かさや、心の臓の鼓動や、汗ばんだ肌を紀江は生々しく感じ、一人、微笑んだ。

生きている者は美しい。

武士であっても、町人であっても、老婆であっても、娘であっても、生きている者はみな美しい。

その美しさをそっと包み込みたいと、紀江は思う。その思いを込めて一針一針を縫い進めていく。

剣は、針とは対極にあった。

己を鎮めるために、誰のためでもない己だけのために、紀江は竹刀《しない》を手にした。針は喜びであったが、剣は衝動だった。

突然に荒ぶれた情動に襲われる。自分が飢えた狼に変じたような、獲物を今すぐにでも仕留めなければならぬような、剣呑《けんのん》な情が猛り狂う。針では鎮められない。

紀江は竹刀を握り、稽古場に向かった。

昔、剣士たちで賑わった稽古場にただ一人で立つ。庭の一隅を均《なら》し固めただけの場ではあったが、ここに立ち目を閉じると、聞こえるのだ。見えるのだ。

汗を滴《したた》らせ、気合を発して打ち合う若侍たちの姿が、舞い上がる土埃《つちぼこり》が、揺れる木々の枝先が、見える。

踏み込み、打ち、突き、かわし、受ける。縦横に動く竹刀が見える。雪風の中に飛び散った汗が、振舞いの甘酒から立ち上る湯気が、枝にとまり首を傾《かし》げている燕が、そして、全てを見守る新佐衛門が見える。風の音が聞こえ、竹刀の音が聞こえ、若い笑声が聞こえる。新佐衛門が亡くなってから、訪れる者のほとんどない稽古場は周りを夏草に覆われようとしていた。黒々と踏み固められていた土を刺し貫くように緑色の雑草が真っ直ぐに伸びている。

草とは強いものだ。

息を吸い、吐く。

柄を握った指にほんの少し力を込める。

「剣を握るとは戦いを始めることだ。それはつまり、敵と向かい合うことでもある。だから、強く柔らかく握れ。強くなければ、打ち込みを容易《たやす》く弾かれる。柔らかくなければ、相手の打ち込みを受け止められぬ。剛と柔、二つ、併せ持って剣を握れ。そして、負けるな。敵は己の外にも内にもおる。その敵に勝て。決して負けるでないぞ、紀江」

父が伝えてくれた。

強く柔らかく。

剛と柔。

気息を整え、竹刀を構える。

敵は己の外にも内にもおる。

眼前の、あるいは身の内の敵に向かい合う。

「いえぇーぃっ」

気合とともに上段から打ち下ろす。

打ち下ろす。擦り上げる。横に払う。

紀江の竹刀は幻の敵を砕き、倒す。

決して負けるでないぞ、紀江。

敵の剣を頭上で受け、腰を沈める。そのまま、地を蹴って相手の懐に飛び込むと、深々と腹を抉《えぐ》る。

軽い小太刀だからこそできる俊敏な動きだった。いつの間にか、身体中が汗でぬれている。乳房の間を伝う汗を感じる。手のひらにも、腋《わき》にも、額にも汗は伝い、流れ、滴った。

「十之介さま」

小さく呟いていた。いや、心の内で呼んでいた。これまで、ほとんど竹刀を握らなかったのは、十之介を怖れていたからだ。現の相手がいるならまだしも、一人、竹刀を構えれば必ず、心は三和十之介を追ってしまう。追いかけてしまう。

それが怖かった。

あの日、ここで十之介と向かい合った。剣を交え、力の限り戦った。快感。身を貫き走ったあの快感を思い出すことが怖かった。

恐ろしいのに甘美だ。十之介に纏《まと》わりつく想いは、いつもそうだった。

「十之介さま」

恐ろしく甘美な名前が、今度は声となって漏れた。

新佐衛門の葬儀に、ほとんどの門弟が集ってくれた。その中に、三和十之介もいた。昔と変わらぬ姿のまま立っていた。

目が合う。

十之介が深々と頭を下げた。紀江も礼を返す。それだけだった。それだけなのに、胸が詰まった。

他の男の妻となり、子を生み、その子を失い、父を失った。それなのに、まだ、追っている。

どこまで追い続ければ気がすむのか。

竹刀の柄を強く握りこむ。

深く息を吐き出す。身体に巣くうさまざまな想いを、吐息と共に全て流してしまいたい。

「紀江」

呼ばれ、振り向く。

「まあ、旦那さま」

勝之進が朴《ほお》の樹下に立っていた。

「相変わらず、見事な動きだな」

「お恥ずかしゅうございます」

紀江は目を伏せ、顔を俯《うつむ》けた。

「久しぶりに竹刀を握りました。なんだか、急にお稽古がしたくなりまして……それで……あの……」

わたしったら、何で言い訳なんかしているの。しかも、たどたどしく狼狽《うろた》えながら。

「おれは、いつも見惚れている」

「え？」

「お義父上がそなたに稽古をつけておられた。亡くなられる前のことだ」

新佐衛門との最後の稽古となった、あの日のことだ。

「あの時も、そなたの動きの美しさに、いや、美しいそなたに見惚れておった」

紀江と呼びかけたまま口をつぐんだ勝之進を思い出す。

「旦那さま、あの……」

「おれでは、まるで相手にならんな」

勝之進が笑った。自嘲でも冷笑でもない。ただ、笑いたいから笑った。そんな笑みだった。

「そのようなこと……」

「相手にならぬだろう。腕が違い過ぎる。それくらいは、おれにもわかるからな」

勝之進の笑みが広がる。その目が二度、三度瞬《またた》いた。目の前を白い花弁が一枚、過《よぎ》ったのだ。

「この時期に、何の花だ」

勝之進がひょいと屈《かが》みこむ。地に落ちた花弁を拾う。

「あっ」

声をあげていた。勝之進が花弁を摘《つま》んだまま、目を細める。

「どうした?」

「あ……いえ、簪《かんざし》を」

「簪?」

「わたし、娘のころ、ここで簪を落としたことがございました。稽古始めの日で、門弟のみなさまに料理を運んでいたときに、母の形見の簪を落としてしまって」

勝之進は黙ってうなずいた。覚えているとも、覚えがないとも答えなかった。

「あのとき、一番に屈みこんで探してくださったのは……旦那さまだったのですね」

焚火の傍にいた若者だ。誰より早くしゃがみ込み、泥濘《でいねい》に指を突っ込んでくれた。簪を見つけ出してくれたのは十之介だったが、最初に動いてくれたのは、この男《ひと》だ。

今まで、一度も結びつかなかった。

「そんなこともあったな」

勝之進の視線が紀江の髷に注がれる。いつもなら、そこに、あの珊瑚《さんご》の簪を挿していたはずだ。稽古の前に抜き取り懐にしまった簪をそっと押さえてみる。

この方だったのだわ。

ぬかるんだ土に片膝を突き、簪を探してくれた。

紀江は竹刀を手に佇んでいる。

勝之進は無言で樹下に立っている。

二人の間を白い花弁が過った。
幾枚も、幾枚も。

第六章　静かな流れ

時が流れる。
季節が移ろう。
人の営みは続く。
燕《つばめ》が南に去り、雁《かり》の群が北から渡ってくる。
父も娘もいない何度目かの正月が過ぎ、また、春が巡ってきた。
時折、夢を見た。
赤々と火が燃えている。
焚《た》き火だ。
その周りで若い武士たちが談笑している。上士の子弟もいる。軽輩の家の者もいる。
その焚き火の周りでは、身分も家格も意味がなかった。

西野新佐衛門の弟子である。

その一点において、みな同じ、何の偏頗《へんぱ》もなかったのだ。だからだろうか。若者たちの笑顔は屈託なく、憂いもなく、炎に照らされて輝いて見えた。

紀江は少し離れた場所から、それを眺めている。

わたしの簪《かんざし》が……。

母の形見の簪を落とし、途方にくれている。どうしたらいいか、わからない。

どうしよう、どうしよう、どうしよう。

戸惑いと、不安と、悲しみと、焦り。様々な情が渦巻き、紀江の心をきりきりと絞り上げる。

どうしよう、どうしよう、どうしよう。

そのとき、若者の一人がひょいと屈《かが》みこんだ。泥濘《でいねい》に手をつっこんだ。それが合図だったかのように、次々と門人たちがぬかるんだ土を手探りし始める。

「あり申した。これで、ござろう」

涼やかな声と共に、珊瑚《さんご》の丸簪が渡される。

すぐ目の前に、三和十之介の顔があった。その後ろで、勝之進が微笑《ほほえ》んでいる。不思議なことに、十之介はあの日のまま、青年の面立ちなのに勝之進は既に壮年の姿だった。

西野勝之進として笑っているのだ。

「まぁ、旦那さま」

紀江は十之介の肩越しに、夫に声をかける。

そこで、いつも目が覚めた。

目が覚めて、十之介から簪を受け取らなかったと気が付く。現《うつつ》では、紀江は確かに簪を手にし、深々と頭を下げたのに。

その夜も同じ夢を見た。

やはり、簪を受け取らぬままだった。

夜具の上に身を起こし、静かに息を吸い込む。花の匂いのする甘やかな夜気が胸の内にゆるりと落ちてきた。

春の闇は、粘りと重みを増して纏《まと》わりつく。冬のそれのようにさらさらと乾いてはいない。

目も頭も妙に冴えてしまった。もう眠ることは叶わないだろう。

思いきって起きてしまおう。

そう決めた。

夜の明ける刻が日に日に早まっている。紀江の目覚めを追うように、東空が明るんでくるはずだ。もう直《じき》だ。

手早く身支度を整え、雨戸をあける。

夜明け前の闇が最も深い。誰かから聞いた覚えがある。

確かに庭は漆黒《しっこく》に塗りつぶされ、木々も石灯籠《いしどうろう》も泉水を囲む石々も黒く融けあい、見定められない。空には星々がさんざめいているけれど、月の姿はなかった。

花の匂いだけが闇から滲みだす。

勝之進は、闇に仄《ほの》かに漂う梅の香が好きだった。日の降り注ぐ下で眺める桜より、密やかに香る梅が良いのだと、ほろりと口にしたことがある。

「女子《おなご》も、梅のようであらねばなりませんねえ」

桜の絢爛《けんらん》より、梅花の控え目な清楚さを習えと暗に言われた気がして、紀江はそう答えた。しかし、勝之進はいやいやとかぶりを振ったのだ。

「女子は桜でも、梅でも、菖蒲《しょうぶ》でも、みな麗《うるわ》しいと思うぞ。花であればよいのだ。松の大樹になると、ちと厄介かもしれんが」

「まっ、そのような」

紀江は小さく噴き出してしまった。勝之進の嫂《あによめ》である松乃《まつの》にかけての冗談だと、すぐに察したからだ。

勝之進の実家、藤倉の家は既に両親は亡く、長兄の与一郎《よいちろう》が継いでいる。その妻女松乃は勝之進いわく「嫁いでこられたときは楚々とした柳の小枝のような人だったんだが、今は見事な松の樹に育った」女人だった。

確かに、紀江の知っている松乃は上背も横幅もある堂々とした体軀《たいく》をしていた。与一郎が〝枯れ芒《すすき》〟と渾名《あだな》されるほど痩せているから、夫婦が並ぶと松乃の押し出しの良さと与一郎の貧弱さが互いに目立つ。

「松の陰では、芒も育たぬとみえる」と揶揄《やゆ》する口さがない輩《やから》もいたけれど、与一郎は陰口も嘲笑《ちようしよう》も飄々《ひようひよう》と受け流していた。夫婦仲も極めて円満だと聞いている。

まさに、風になびく芒のように逆らわず、争わず、全てをさりげなくかわして行く性質、力は勝之進にも備わっている。藤倉の血なのかもしれない。

「嫂上《あねうえ》さまをおからかいになって。今度、松乃さまにお会いしたときに言い付けてしまおうかしら」

「おいおい、背筋の冷えることを言うもんじゃない。嫂上の腕の太さを見たことがあるのか。それこそ、二の丸の松の枝ほどもあるのだぞ。あれでぼかりとやられたら、おれの細首など一溜《ひとたま》りもないぞ。恐ろしい、恐ろしい」

勝之進が真顔で身震いする。

おかしくて、おかしくて、袂《たもと》で口元を押さえたけれど堪《こら》え切れず、紀江は声を出して笑ってしまった。

新佐衛門なら「武家の妻にあるまじき無作法な振る舞い」と、眉間に皺を寄せ叱咤《しつた》

するところだが、勝之進はいっしょになって笑い、笑いが治まったとき、ぽつりと、

「紀江はよく笑うな」

と、言った。頰が火照《ほて》る。血の気が上ったのがわかる。夫の前で声を立てて笑うなどと、あまりに慎みがなかったか。

「はしたのうございました。お見逃しくださいませ」

「いや、少しもはしたなくはあるまい。むしろ、心地よかった」

「心地よい？」

「そうだ。紀江の笑った声や顔は心地よい。馥郁《ふくいく》と匂う。梅の香りのようだと、かねがね思っていた」

「まぁ、旦那さま」

こんなに、さらりとしかも面と向かって称されたのは初めてだ。いや、小太刀《こだち》の腕を見事と褒め称えられたことはある。針の仕事を感嘆されたこともある。けれど、声や顔をこんな風に褒められたことは一度もなかった。

剣でもなく針でもなく、笑んだ声と顔を称された。褒めてくれた。

心地よいと。

戯《ざ》れ言《ごと》でも、世辞でもないだろう。

頰がまた火照る。さっきとは異質の、それこそ心地よい火照りだった。

「嬉しゅうございます」

紀江は頰を染めたまま、素直に頭《こうべ》を垂れた。

あれは、いつのことだったか。

美紀子が腹に宿ったころだろうか、祝言《しゅうげん》を挙げて間もなくのころだったろうか、はっきりとしない。けれど、真っ直ぐな言葉の心地よさ、頰の熱さだけは今でも、鮮やかに思い返すことができる。思い返せばなぜか、梅の香が匂った。

今、闇の中に漂うのは、梅よりずっと甘い匂いだ。おそらく沈丁花《じんちょうげ》だろう。庭の隅に低木があり、毎年、手毬《てまり》のように集った花が香気を放つのだ。日中の春めいた陽気に誘われて、筒の形の花が一つ、二つ、三つ、四つ、開いたのではないか。

もう一度、甘い夜気を吸い込み、紀江は襟元を合わせた。

とうとう、勝之進は帰ってこなかった。

今夜が初めてではない。

深く考えるのが嫌で目を背《そむ》けてきたけれど、新佐衛門が急逝して一年が経つか経たぬかのころから、勝之進の行状が徐々に乱れてきた。外泊が増え、ますます寡黙になり、自室にこもることが多くなったのだ。

避けられている。

紀江はそう感じていた。

旦那さまは、わたしを避けておいでなのだわ。

避けるだけならまだしも、厭《いと》うてさえいるのではないか。

どこぞに、心を通わせた女子がいて、足繁く通うているのかもしれない。

そう思えば心は波立つけれど、勝之進を詰《なじ》る気はさらさら起きなかった。むしろ、いまだに心底に十之介の面影を抱いている己を責める。秘したまま決して口外しなかった想いではあった。しかし、夫婦として暮らした年月の内に、夫が妻の胸中に感づいたとしても不思議はない。

勝之進は鈍感でも、間抜けでもないのだ。むしろ物事の核心を見抜く眼力を備えていた。

「紀江、おまえの夫は剣の腕ではなく頭と心根で世を渡って行く男だ。それを肝に銘じて忘れるな」

父の言葉だった。新佐衛門は西野家の家督を継ぐ者として、一人娘の夫として、何より人として藤倉勝之進を認めていた。

そういう男が、いつまでも他の男の影を引きずっている妻に落胆するのも、呆《あき》れ果てるのも当たり前ではないか。

わたしが、悪いのだ。

非は、潰《つい》えた夢をまだ諦めきれないわたしにある。

ないか。

紀江は自分に言い聞かせ、勝之進の行状を見て見ぬふりをしてきた。「昨夜はどこにおいであそばしましたの」と一言、尋ねることさえしなかった。黙したままでいる他はないと信じていた。けれど、信じるものが違っていたのではないか。

紀江は胸の上で手を重ねた。

信じるものが違っていた。

信じるべきは己を責める心ではなく、勝之進自身だったのだ。

「旦那さまをお信じくださいませ」

おついに言われた。非はこの身にある。もう言うなと遮ったけれど、胸の奥底が鈍く疼《うず》いた。疼き続けている。眠りが浅く、夢に起こされたのもこの疼きのせいだろう。自分の内の闇にばかり目を向けていた。ひゅるひゅると鳴る風音ばかりに耳を傾けていた。

そのほうが楽だったからだ。

己の哀しみや嘆きの内に埋もれ、現から目を背けていた。致し方ない。この数年、多くのものを失った。痛手にしゃがみこみ、目を閉じ、耳を塞いで生きるのも致し方ない。けれど、もう……。

もうそろそろ、目を開けねばならないのではないかしら。耳から手を離し、立ち上がらねばならないのでは。そうしないと、取り返しのつかないことになる。

心の臓の鼓動が激しくなる。息が苦しいほどだ。

何だろうこの胸騒ぎは。

取り返しのつかないこととは、何？

唐突に、息が詰まるほど唐突に、紀江は羽虫を思い出した。十之介との手合わせを承諾した夜見た虫たちだ。焼け死ぬ危険を冒してまで行灯《あんどん》にぶつかっていた。

ぽつっ、ぽつっ。乾いた音まで、くっきりとよみがえる。

胸騒ぎが高まる。身体が硬直した。

聞こえなかったか？

虫ではない。人の声、そして、あれは……刀の打ち合う音。

風が吹く。闇を払うかのように木々の枝が揺れる。ざわざわと鳴る。そのざわめきに掻《か》き消され、一瞬前に耳にした音が消える。

幻？　いや、幻ではない。

紀江は部屋に駆け込み、小太刀をつかむと表へと走り出た。そのときには、はっきりと不穏な物音が耳に届いてきた。走りながら、紐を解き、刀袋を捨てる。

ぼわり。提灯《ちょうちん》が燃え上がる。その明かりで、数人の男たちと鈍く光る白刃が見えた。男の一人が塀ぎわで膝をついた。炎がその顔を照らし出す。

勝之進だ。

「死ね」

黒い影が白刃を振り上げた。

「待てっ、狼藉者《ろうぜきもの》」

思わぬ一喝《いっかつ》に、男の動きが束の間、止まった。その隙に鞘《さや》を払い、倒れた勝之進と男の間に割って入る。辛うじて、相手の剣を受け止める。

「何者です。狼藉は許しませぬよ」

「女、邪魔だ」

「我が夫になにゆえの無体か！　答えよ」

「夫……」

男たちは四人いた。四人とも黒い布で顔を覆っている。紀江の誰何《すいか》の激しさに、一瞬たじろいだけれど、すぐに無言で斬りかかってきた。殺気が肌に突き刺さる。

これだけの気を一言も発することなく、放つことができる。男たちは、相当な遣い手に違いなかった。

斜め上から振り下ろされた一刀を紀江は、膝を軽く曲げ受けた。今度は気持ちにも姿勢にも余裕がある。紀江の柔らかな構えは、相手の勢いを削《そ》ぎ、反撃の機を生みだした。

力任せの剣など、何ほどのこともない。

「つぇいっ」

紀江に刀を弾かれた相手がよろめく。その右腕に刀背《みね》を打ち込む。骨の砕ける音と叫び声が響いた。

男が地に転がる。

たかだか女と侮《あなど》っていたのだろう。男たちには誰も、微かな隙ができていた。仲間が容易《たやす》く倒された驚愕《きようがく》が、その隙をさらに広げる。

愚か者ども。

紀江は腕を押さえ呻《うめ》く男を跳び越え、怪漢たちの中に躍り込んでいった。一人の脾《ひ》腹《ばら》と一人の手首をやはり刀背で打つ。

脾腹の男は声もなく、手首の男は短く悲鳴をあげて、倒れ込んだ。

「奥さま、奥さま」

物音を聞きつけたおついと吉次郎が駆けてくる。二人とも明々と提灯を提げていた。

「引け」

男たちは喪心した仲間を抱え、背に負い、瞬《また》く間に闇に融け去って消えた。

「旦那さま」

紀江は小太刀を投げ捨てると、勝之進に走り寄った。

「旦那さま、いかがなされました」

もう少しで甲高く声をあげそうになった。手のひらがぬめった。血が濃く臭う。

「おつい、お医者さまを。早く」

「かっ、かしこまりました」

おついが屋敷内に駆け戻って行く。

「吉次郎、旦那さまをお運びして」

「はっ、はい」

吉次郎の背に背負われるとき、勝之進が低く唸《うな》った。

「旦那さま、勝之進さま、お気を確かに」

「紀江……」

「はい。今、医者を呼びにやりました。あと少しの御辛抱でございますよ」

「紀江、書状を……」

「え？　何と？」

勝之進が懐から竹筒を取り出す。そこで力尽きたのか、筒は手から滑り落ち、紀江の足元に転がった。

拾い上げたとき、勝之進は目を閉じ再び低く唸った。

「傷は多くありますが、急所は外れております。今夜を凌《しの》ぎ切ればお命は取り留められましょう」

医者は診立てをそう伝えた。

「凌ぎ切れますか」

にじり寄り尋ねた紀江から、医者は視線を逸らし、かぶりを振った。「何とも、確かなことは申し上げられませぬ」、目を伏せたまま、そう答えた。

今夜が峠、命の道を上るも下るも運と体力次第という意味か。

紀江は強く唇を噛《か》みしめた。

「奥さま、これを……」

おついが血だらけの着物を差し出す。勝之進が身に着けていたものだ。胸から腹にかけて襟元がざくりと斬られている。

「旦那さま、ようこれで……」

おついの声が震える。

紀江は、さきほど拾い上げた竹筒を行灯の明かりに近付けてみた。そして、そのまま、息が止まりそうになった。

斜めに刀傷がついている。かなりの深さで。

もしこれを懐に納めていなかったら、勝之進の命はなかっただろう。胸を断ち割られ、絶命していたはずだ。

血に汚れた竹筒を紀江は自分の懐に仕舞い込む。中は改めない。

勝之進が命懸けで守ろうとしたものを、軽々しく確かめるわけにはいかない。ただ、同じように懐深く抱え、守り通す。

筒の形に僅かに盛り上がった胸を押さえ、紀江は勝之進の傍らに跪いた。行灯の明かりに、勝之進の額の汗が鈍く光っている。手を当てると、驚くほど熱かった。

「金瘡は熱が出ます。その熱が身体の力を奪い、お命を危うくいたします」と、医者は言った。

内側に炭火を抱いているような熱を手のひらに感じた刹那、美紀子を思い出した。幼子の熱い身体がよみがえる。

あのとき紀江は、掛け替えのない者を失った。

「旦那さま、紀江でございます。どうかお気をしっかりとお持ちくださいませ」

額の汗を拭い、耳元に語りかける。

「勝之進さま。どうか

死なないでくだされませ。

あまりに不吉な一言を辛うじて、呑み下す。喉の奥に唾が染みた。知らぬ間に涙が滲《にじ》む。

こんなときに、涙などと。何という気弱な。

己で己を叱る。けれど、涙は滲んだまま流れもしないが、消えもしなかった。

わたしは、このお方まで失ってしまうのか。

胸の中での呟《つぶや》きが、その胸に突き刺さる。

痛い。痛みが思いもかけない衝撃となって、紀江を揺さぶった。

いや！

叫びそうになった。

それだけは、いや。

かぶりを振った拍子に、簪が落ちた。母の形見の丸簪だ。

これを拾い上げ差し出してくれた十之介の面影ばかりを追っていたけれど、誰より早く屈みこみ、ぬかるんだ泥に手をつっこんでくれたのは、今、目の前に横たわっている男だ。この男を失えば、紀江は本当に独りになってしまう。

燕が目の前を過《よぎ》った。

幻だ。

現の燕も、もうじき戻ってくるだろう。

納戸や味噌《みそ》小屋の軒を見上げ、毎年雛《ひな》を数える。祝言をあげた翌年は、勝之進と一緒に一羽、二羽と指を折った。

「まあ、今年は六羽もおります。昨年は三羽でしたのに」

「世代が若返ったのではないか」

「あら、そんなことがございますか」

「あるだろう。毎年、同じ燕がやってくるわけもないからな。燕の寿命は、数年ではないのか」

「そう言われてみれば……」

「なんだ、何がおかしい？」

「いえ、娘のころからずっと同じ燕が渡ってくるように思うておりましたが、そうですね、そんなこと、あるわけございませんよね。何だか、自分の思い込みがおかしくて……」

「燕の顔は、そう簡単に見分けがつかんからなあ」

「簡単も何も、見分けるなど無理でございましょう」

「それが、そうでもない。仔細《しさい》に眺めればみな、面相がちがう。例えば、ほれ、右端のあの雛は目尻が吊りあがり、いかにも利かぬ気な面構えをしておる。多分、雄だぞ。それに比べ、左端は優しげではないか。あれは女の子だな」

そのとき、右端の雛がひょいと巣から尻を出し、勝之進の足元に糞《ふん》を落とした。

「おっ、不躾《ぶしつけ》なやつだな」

「女の子だったのではありませぬか。きっと、旦那さまのお言葉に気を悪くしたのです」

「だとすれば、かなりの女傑だな。糞の大きさも並ではなかったぞ」

「まぁ」

紀江は思わず、声をたてて笑ってしまった。その笑い声に怯《おび》えたのか驚いたのか、雛たちが一斉に首を縮める。その仕草も、おかしかった。

思い出す。

遠い昔日の一時を鮮やかに思い出す。

自分の口から漏れた軽やかな笑声を、雛たちの滑稽《こっけい》な仕草を、勝之進の若々しい物言いを思い出す。

十之介の面影を追って過ぎて行った年月は、夫婦として勝之進と生きた日々でもあった。

簪を髷の根元に深く挿し込む。

「旦那さま」

屈みこみ、勝之進の耳元でささやく。

「ご安心なされませ。紀江が必ずお助けいたします。旦那さまのお命を誰にも渡したりはいたしません」

勝之進の瞼《まぶた》が動いた。

声が届いているのだ。

「どうかお気を強うお持ちくださいませ」

紀江は夜具をまさぐり、勝之進の手を握りしめた。そこも、汗で湿っていた。

はしたないとは思わなかった。はしたなくても構わなかった。

死なせは、せぬ。

想いを託し、汗に濡れた手を強く握る。

「……紀江」

勝之進が僅かに身じろぎした。指が微かだが握り返された。

「はい、ここにおります」

「書状は……」

「ございます」

懐から刀傷のある筒を取り出し、勝之進に渡す。

「中を……」

「はい」

竹筒の中には細く巻いた紙が入っていた。細かな文字が、びっしりと書きつけてある。

「確かにございます」

「そうか」

勝之進が大きく息を吐き出した。そのまま、起き上がろうとする。激痛が走ったのか、短く呻き、再び夜具に倒れ込んだ。

「無茶をなさいますな。傷は浅うはございません。それに、お熱が出ております。動かれてはお命にかかわります」

紀江は本気でそう諫《いさ》めた。

勝之進の息は荒いわりに細く、今にも消え入りそうで怖かった。起き上がるなど、とんでもない。

「……行かねばならん……やっと手に入れた。やっとだ。これでやっと……」

勝之進は、熱に浮かされてうわ言を口にしているようだった。やっと、やっとと幾度も繰り返す。

「……やっと、先生のご無念を晴らせる……晴らせるのに……」

雷に打たれた気がした。手足の先まで痺《しび》れる。勝之進が、先生と呼ぶ人物は一人しかいない。

「父上さまですか。父上さまのご無念とは、どういう意味でございます」

身を乗り出していた。

新佐衛門のあまりに唐突な死は、俄《にわ》かには受け入れ難いものであった。現とは思えなかったのだ。だからこそ、法要の夜、勝之進に食い下がったのだ。

心の臓の発作で絶息したなどとどうにも納得できないと。

あのとき、勝之進は紀江の言葉を遮った。もうよい、言うなと、突き放した。しばし、待てとも言った。

その一言を耳にしてから、何年が経ったろうか。紀江が娘や父のことを一時でも忘れようと、針と剣にのめり込んでいた年月を、勝之進は義父であり師である新佐衛門の急死の真相を明らかにするために、費やしていたのか。

「水を……」

勝之進が喘《あえ》ぐ。

「あ、はい」

背中を支え、湯飲みを口元に添えると勝之進は音を立てて水をすすった。

「……美味い」

吐息が漏れる。

「お休みなされませ。明日になれば、ご気分もお身体もようなっておられます。今夜はともかく、お休みになることが肝要です」

「訊かぬのか……先生に何があったか……」

「訊きませぬ」

　はっきりとかぶりを振る。

「今は父上さまのことより、旦那さまの御身が大切でございますから。もう、何もおっしゃいますな」

　勝之進の目元が僅かに笑んだ。紀江の目に馴染んだ夫の笑顔だ。けれど、笑みは直《す》ぐに失せ、勝之進は深く息を吐き出した。

「先生は殺されたのだ。城内で……毒を盛られた……」

　紀江は目を見張り、勝之進を見詰めた。また、うわ言を口走ったのかと思ったのだ。けれど、勝之進は明瞭な口調で続けた。

「磯村の手の者によって、暗殺された」

「磯村さま」

　今度は息を吸い込む。

　とくっ。

　音が聞こえそうなほど強く、心の臓が鼓動を打った。

　磯村九重太夫は筆頭家老として藩政の中枢に座る人物だ。十之介の妻楽子の、母方の伯父でもあった。

勝之進はその名を唾棄《だき》するように呼び捨てた。

「磯村さまが、なぜ、父上さまを……」

「先生が磯村の不正を疑われたからだ」

「不正？」

勝之進がうなずく。唇が乾いて、色を失っていた。その唇から言葉と息が交互に漏れていく。

「お話しなさらない方がようございます。今は、ゆっくりお休みください」

「いや……聞け」

「旦那さま」

「おれが……話しておきたいのだ。ここで話さねば、紀江には一生……何も告げられぬままになる」

「そのようなことをおっしゃいますな。お身体が回復すれば、幾らでも」

「聞け」

紀江は顎《あご》を引き、気息を整えた。

「……書状を奪いに磯村の手の者が……来るやもしれん。あまり時がない……のだ」

「はい」

紀江は勝之進の目を見ながら首肯した。

「磯村が筆頭家老の座についたのは、先のご家老、堀田《ほった》さまの急逝を受けてのことだ」

「はい、存じております」

時の筆頭家老であった堀田采女《うねめ》は無類の馬好きで知られ、その日も、愛馬に跨《また》がり馬場に出ていた。昼食を摂ったあと、再び乗馬しようとして不意に転倒し、腹に納めたものをことごとく吐瀉《としゃ》した。まもなく、意識を失い翌日未明に亡くなった。

霍乱《かくらん》による急死だと公にされたのは、さらに三日の後だった。

「堀田さまの死は……霍乱などではなく、毒を盛られたのだ。先生と同じ……ように……」

「では、磯村さまが」

「そうだ。堀田さまは生前、次席家老であった磯村の……利欲への執着を厭い、懸念《けねん》して……おられた。磯村のような者が藩政の要に座り、牛耳《ぎゅうじ》るようになれば……嵯浪藩は終わりだと、常々、近臣に漏らしておられた……そうだ。そして、磯村を排斥《はいせき》し、もう一人の次席家老である……野田《のだ》さまを自分の後継にと考えて……おられた。その矢先に……横死なされた……。そのため、野田さまを後継に推《お》すことが……できなく……」

紀江は、あっと声をあげそうになった。

「まさか、三和さまの仇討ちの件は……」

「そうだ。あれは……堀田さま亡き後、野田さまを追い落とすための……磯村の謀略で……あったのだ」

三和十之介の兄を斬殺し、出奔《しゅっぽん》した飯井半三郎は遠く野田家に繋《つな》がる家筋の者だった。半三郎が十之介に討ち取られて間もなく、野田内司衛門《ないじえもん》は三十代半ばの若さで執政を退いた。縁者の不始末の責を取っての致仕《ちし》だった。

飯井家は野田の傍流《ぼうりゅう》の傍流であり、藩内に数多いる遠縁の一人にすぎない。内司衛門にまで累を及ぼすのはいかがなものかとの声も執政たちの間からは、上がった。

「磯村は……その声を強引に抑え込み……野田さまの失脚を図った。そして……上手く事は成った……」

「では、あの仇討ちの件は、磯村さまによって仕組まれたものであったのですか」

だとすれば、あまりに巧妙だ。そして、あまりに惨《むご》い。

半三郎の父母と妹は、十之介が凱還《がいかん》して数日の後、飯井家の墓所で自刃《じじん》して果てた。その話を耳にしたとき、紀江は軽い立ち眩《くら》みを感じ、おついの腕に縋《すが》った。十之介の華々しい帰藩の裏で、三人もの命が散った。

あまりに惨い。

「全てが……磯村の謀《はかりごと》ではあるまい。三和の兄、甚一郎と飯井が口論したのは……

事実だった。しかし、この二人は前々から犬猿の仲で……事ある毎に言い争いをしていたらしい……、あの日に限って、なぜ、飯井が甚一郎を……討つほど憤ったのか、解《げ》せぬと……先生はおっしゃった」

「父上さまは、堀田さまの急逝を最初から疑うておられたのですか」

「そうだ……先生と堀田さまは、剣友であった……。自分の身に変事があれば、まず磯村を疑えと……堀田さまから告げられていたと……」

そういうことだったのか。

紀江は唇を噛み締めた。

新佐衛門は、門弟であり、娘婿であり、誰より信頼できる勝之進とともに、堀田采女の死の真相を探ろうとしていたのか。そして、殺された。

「甚一郎も飯井も死に……事の仔細はわからぬ。先生は、飯井は巧妙に踊らされたのではないかと……考えておられた。あの日の夕刻、飯井が数人の上士らしき男たちと酒を飲んでいたのを見た者が幾人もいる……磯村の息のかかった男たちが飯井を酔わせ、たきつけ、甚一郎を襲わせたのではないかと……、今となっては真相は……闇の中だが……」

「そのような……」

紀江は絶句してしまう。

男たちの世界は何と禍々《まがまが》しい策謀に満ちていることか。父も勝之進もそして、十之介もそのような世界に身を置いて生きていたのか。

庭の片隅から響いていた若い掛け声が、耳の奥にこだまする。何の我欲も権謀もなく、ただ一心に、ひたむきに若者たちは竹刀《しない》を振っていた。

汗が散り、気合が迸《ほとばし》り、笑い声が弾ける。

あれは、一時、人生に花弁を広げただけの徒花《あだばな》であったのか。男たちは、あの時に背を向け、振り返ることも無く、策謀の世を生きるのか。

何という……。

「……その竹筒の中には、高淳《こうじゅん》という医師の書付が……入っている。磯村の抱《かかえ》医師だった男のものだ。その医師が……堀田さまと……先生に盛った毒を……調合した」

声が出ない。何という真実なのだろう。息さえ吐けない気がした。紀江は竹筒を見詰め、斜めに付いた刀傷を目で撫《な》でた。

「先生が亡くなったときも……高淳が呼ばれたのだ。それで……心の臓の発作だと診立てをした。たまたま、磯村に同行して城内にいたというが……先生の倒れるのを見計らっていたのだろうよ。筆頭家老のお抱医師の診立てだ。異を挟める者はいない。毒そのものも……心の臓に害をなす薬であったかもしれん……。先生は詰め所から廊下に出て倒れられたと聞いたが……それは、ちがう。先生は、息を引き取る間際まで、刀の柄を摑んでおられた……。身体の異変に毒を盛られたことを気付き……磯村に、せめて一太刀あびせたかったのだ……。磯村は先生が目ざわりだったのだ。先生は……用心にも用心を重ね、長い年月をかけて……磯村の悪事をあばく証拠を集めようとされた……、その動きがいつの間にか、漏れていたのだ、いつの間にか……。おそらく、我々の周りに磯村の間者《かんじゃ》がいたのだろう……うかつにも気がつかなかったが……」

勝之進の息が荒くなる。

「あと一息、あと一息であったのに……先生のご無念いかばかりであったか……」

夫の目尻から一筋、涙が零《こぼ》れた。

手拭いでそっと拭う。

紀江は泣かなかった。

哀しみより、口惜しさより、父への想いより、憤怒の情がまさる。紅蓮《ぐれん》の炎となって燃え盛る。

人の命を何と思うてか。

腹の上にそっと手を置く。

ここに命を宿し、生み、育てた。それが、どれほど温かく、美しく、尊いものか知っている。

飯井の母親も知っていただろう。

その命をこともなげにむしり取るとは、畜生にも劣る。

「……高淳は数年前から次々と病を患い、もはや回復は望めぬ病状となった……そうなって初めて、己の行いを悔い、罪業《ざいごう》に怯えた。言われるがままに毒を調合する医師も……死後、地獄に落ちるのは恐ろしかったらしい……。高淳は己の為したことごとくを書状に認《したた》め……遺した。死ぬ三日前のことだ」

「では、この書付が」

「そうだ、高淳の……遺書だ。そこには、磯村の悪事の仔細が……」

勝之進は咳き込み、身体をくの字に曲げた。

「旦那さま」

曲がった背中を撫でる。他に何もできなかった。

「高淳の家族が……扱いに窮し、寺に預けていたのだ。それをやっと……手に入れた。もう少し、慎重にしていれば……磯村に気付かれることもなかったのに……」

紀江は勝之進の背中を撫で続けた。

思い当たることがある。

このところ、門前で武士とすれ違うことが多くなっていた。屋敷前の松の陰に佇む者を見たことも、二度ほどある。

見張られていたのだ。

勝之進の動きを見張られていた。

おそらく今も……。

「旦那さま」

紀江は書状を竹筒に戻した。

「これをどこに届ければよろしいのですか」

勝之進の黒眸《こくぼう》が紀江を見上げた。

「……行ってくれるか」

「参ります」

紀江は竹筒を強く握りしめた。

外がうっすらと白んできた。

夜が明けようとしている。

「紀江、頼む」

勝之進の喉がごろごろと鳴った。語尾が掠《かす》れて消える。

「すまぬ……。結局……巻き込んでしまった……」

「すまぬなどと、仰せくださいますな。わたしはわたしめの為すべきことをやり通します」

勝之進がゆっくりと紀江の手を握る。指先が震えていた。

「紀江……」

「はい」

「死んでは……ならぬぞ」

紀江は夫の手を握り返し、深く首肯した。

第七章　辿り着く場所

どこか遠くで犬が吠えた。

地にはまだ闇が溜まっているけれど、空にはすでに光が差している。漆黒から留紺《とめこん》へ、そして、藍、紫へと静かに、しかし、確かに色を変えていくのだ。

地に留《とど》まる闇の中、紀江は裏木戸から路地に出た。そのまま、路地を抜け、まだ明けやらぬ通りに出る。

つい、急《せ》いて前に出ようとする足を宥《なだ》め、宥め、道を行く。武家屋敷の並ぶ通りは暗く、まだ夜の底にうずくまっていた。

見上げると、木々の枝が明け初めた空を背景に塀から伸び出ている。黒い無数の腕が絡まっているようだ。

紀江は小太刀《こだち》を強く胸に押し付けた。薄紅色の白鞘《しらさや》袋は紀江自身が縫ったものだ。

拵袋《こしらえ》とは違い、派手な文様も飾り房もないが、布色は柔らかく控え目でありながら美しかった。

美紀子の晴れ着にと、購《あがな》った布だ。見るのも辛かった一反《いったん》を紀江は美紀子が亡くなって三年目に、ようやっと刀を包む袋と巾着に縫いあげた。

母の遺してくれた小太刀を、娘の晴れ着になるはずだった布に包む。

美紀子、母《かか》さまを守っておくれ。

母上さま、どうか、お力をお貸しください。

犬の遠吠えがまた、聞こえた。

ふと、有るか無しかの風を感じた。微かな殺気も。

足を止める。

それを待っていたかのように、背後から男が一人、回り込んできた。無言のまま紀江の前に立つ。後ろにも数人の男が並び、退路を塞いだ。

「何者です」

紀江は足を引きながら、紐を解き、小太刀を取り出した。肩が築地塀《ついじべい》に当たる。

壁を背に、男たちに囲まれた格好だ。

一人、二人、三人、四人、五人……五人だろうか。

「西野の家人か」

男の一人が問うてきた。野太く、どこか野卑な響きのする声だった。紀江はまっすぐ前を向き、目の前の男たち一人一人を見やる。しだいに強くなる朝の光に五人の男がぼんやりと浮かび上がる。男たちは誰も素顔をさらしていた。勝之進を襲った四人のように覆面をしていない。隠そうとする意は端《はな》からないようだ。

見られてもよいというわけか。

「答えられよ。西野の家の者だな」

「西野勝之進の妻です」

束の間の沈黙。男が身じろぎした。

「まさか妻女を使いに出すとはな」

呟《つぶや》きが耳に届く。五人の内の誰の呟きかはわからない。

「ご内儀、では、重ねてお尋ね申す」

男の物言いが僅《わず》かだが丁重になった。

「このような時刻に、どこに行かれるつもりだ」

「人にものを尋ねるのなら、それなりの礼儀があるでしょう。まず、名を名乗りなさい。どこの家中の者か」

返答はなかった。

もとより返答など、望んではいない。

紀江は気息を整え、鯉口《こいぐち》を切る。

「書状を携えているな」

男の声音が尖《とが》り、性急になった。

「それを我らに渡していただこうか」

「何のことです」

「とぼけるな。西野から預かったものがあるだろう」

「あったらどうだと言うのです」

「おとなしく出されよ。さすれば、命までは取らぬ」

「出さぬと申したら、どうするおつもりか」

男たちの足が土を食《は》む音がする。気配が俄《にわ》かに緊張した。

構えたのだ。

男たちは、眼前の女を斬り捨て、欲した物を手に入れようとしている。紀江は静かに声を響かせた。

「わたしは、夫よりこれをさる御方に届けるよう申し付けられたのです。その命に背くわけにはいきませせぬ」

ピチュ。ピ、ピピ。

頭上で雀《すずめ》が鳴いた。数羽が鳴き交わし、朝を告げる。地の緊迫を嗤《わら》うかのような、長閑《のどか》な囀《さえず》りだった。

「見上げた心意気だ。まさに、婦女子の鑑《かがみ》であるな。しかし、その心意気のために命を落とすはめになるぞ」

微かな光を弾いて、白刃が煌《きら》めく。

紀江は既に鞘をはらっていた。

上段から振り下ろされる一撃を受け止める。受け止めながら、ほんの僅か刀を引く。弾き返すのではなく、引いて受け止め引きずり込む。力任せに打ち下ろされただけの剣は、それで力の半分を削《そ》がれるのだ。

「おっ」男が小さく叫ぶ。まさか受け止められるとは思ってもいなかったのだろう。

紀江は素早く身をかわした。力が入り強張《こわば》っていた男の身体が前のめりになる。手首に刃背《みね》を打ちこむ。骨の砕ける鈍い音がした。昨夜も聞いた音だ。男が苦悶《くもん》の声を上げ、倒れ込む。

「気をつけろ」

別の男が抜き身を手に仲間に告げた。

「この女は遣うぞ。侮《あなど》るな」

あの四人に加わっていた男だろう。語尾が引き攣《つ》っている。

今さら、遅い。

倒れた男を跨《また》ぎ、紀江はその男の前に跳んだ。

「うおっ」

男は気合とも悲鳴ともつかぬ声を出し、斬りかかってくる。一息早く、紀江の剣が男の肩口をしたたかに打っていた。やはり骨の折れる音が聞こえる。耳の奥がちりっと疼《うず》いた。

今度は息つく間もなく、左右から二つの剣が襲いかかって来る。右の方が速い。その一撃を交わすのと同時に左に飛ぶ。左側の男の切っ先が浅く上膊《じようはく》を裂いた。裂かれながら紀江は男の懐に飛び込んでいく。がら空きになった鳩尾《みぞおち》を、逆手から柄頭で突き上げる。

男はよろめき、身体を折りながら地面に吐瀉《としや》した。そのまま、うつ伏せになり動かなくなる。

男たちは、いつも隙だらけだ。

女に対峙《たいじ》する侮りが、あるいは引け目が、男たちの気を緩ませるのか。女には遣えない剛力な一振りの後、必ず幾つもの隙を作る。

「引きなさい」

紀江は小太刀を低く構え、残りの男たちを見回す。

「次からは刃背《みね》は遣いませぬ。これ以上、向かってくるのなら本気で、斬ります」

残った男たちは無言のまま、刀を構えている。

攻めてもこないが、退く素振りもない。

「それほどに、これを所望か」

懐から竹筒を取り出す。二人の男が同時に身じろぎした。

「これを渡すわけには参りませぬ。命をかけて届ける覚悟で、家を出て来たのです。どうしても奪うと言うのなら、あなたたちも命を捨てる覚悟をなされよ」

竹筒を仕舞い、小太刀を青眼に構える。

薄鼠色の刀身が淡い光を放つ。美しいとも妖しいとも目に映る光だ。

本気だった。

再び立ち向かってくるなら、今度は本気で斬る。

手加減など、しない。

紀江の気迫に圧《お》されたのか、男の一人が半歩退いた。しかし、もう一人は構えを中段に移し、逆に一足、踏み出してきた。

男たちもまた、必死なのだ。

紀江は柄を握る指に、心持ち力を込めた。

男たちの背後で、ふっと影が揺れた。

「もうよい。引け」

低く深い声が、命じる。

「おまえたちの敵《かな》う御方ではない。引け」

「しかし……」

「引けと言うておるのが、わからんか」

力のこもった一喝に、男たちは刀を納め数歩、退いた。倒れたままの仲間を引き摺《ず》るようにして闇中に隠れる。

「紀江どの」

名を呼ばれた。

この声に名を呼ばれるのは、何年ぶりだろう。

「三和さま……」

ほんの一時、閉じた眼裏《まなうら》に猛々《たけだけ》しい緑の銀杏《いちょう》が浮かんだ。夏の盛り、三和十之介が佇《たたず》んでいた大銀杏の葉色だ。今はまだ、柔らかな萌黄《もえぎ》の色をしているはずだ。

銀杏が、そして、おついがそっと手のひらに載せてくれた空蟬《うつせみ》がよみがえる。

それがしが紀江どのを、妻にと望み申した。その心だけはお信じくだされ。

あの一言がよみがえる。

目を開ける。

小太刀を握ったまま、三和十之介との間合いを測る。

「息を呑む思いで拝見しておりました。腕は少しも衰えておられぬな。いや、むしろ、鋭さと疾《はや》さを増されたか」

「年を取りました」

口吻《こうふん》に微かな笑いを含ませてみる。

「たかがこれだけの動きで息がきれます。若いときのようには、参りませぬ」

「紀江どのは……少しも年を取っておられぬ。額田道場で無心に竹刀《しない》を振っておられた、あのときのままでござる。それがしには、あのときのままとしか見え申さん」

紀江は長身の十之介を見上げた。

年相応の貫禄と弛緩を身につけた男の顔がそこにあった。

「いいえ」と、紀江はかぶりを振る。

「わたくしも三和さまも、年を取りました。もう、あのころのように動くことは叶いますまい。年月がいつの間にか……過ぎてしまいました」

「紀江どの」

十之介が足を前に出す。その分、紀江は退いた。

「その竹筒の中身を渡してはいただけぬか」

もう一度、十之介を見上げる。

朝日がうっすらと面《おもて》を照らし出す。これから明るさを増そうとする光の中で十之介は切なげに口元を歪《ゆが》めていた。

「三和さまは、この筒の中に何が入っているか、ご存じなのですか」

むろん、知っている。知っているからこそ、取り戻そうとしているのだ。

「……父がどのような最期を遂げたかも、なぜあのような最期を遂げねばならなかったのかも、全てご存じか」

「紀江どの……」

「夫、勝之進はあなたの後ろにおる男たちに襲われたのです。己の命を捨てて、この筒の中身を守り通しました。それも、ご存じか」

十之介の肩がひくりと動いた。

「では、勝之進は……」

「お答えください。三和さま、あなたは全てを承知の上で、わたしの前に立っておられるのですか」

問い詰める気はなかった。むしろ、縋《すが》る思いの方が強かった。知らぬと言って欲しかった。紀江どの、それがしは何一つ、知り申さなんだと悔やんでもらいたかった。

未練だった。十之介への未練ではない。遠く過ぎ去った日々への愛着だ。

父がいて、勝之進がいて、十之介がいた。若い武士たちがいた。誰もが父の門弟だった。誰もが一心に、ただ一心に竹刀を振るい、稽古を続けた。

葛藤も、迷いも、嫉妬も、卑屈も、若い胸中に渦巻いていただろう。けれど、そのどれもが真っ直《す》ぐだった。真っ直ぐな葛藤、真っ直ぐな迷い、真っ直ぐな嫉妬、真っ直ぐな卑屈。策謀も保身も冷酷も存在していなかった。あの日々に心を馳《は》せればこそ、十之介にただ一言「知らぬ」と口にしてもらいたい。

十之介が短く息を吐いた。

「委細承知しております」

雀が飛び立つ。

軽やかな鳴き声が遠ざかる。

「紀江どの。あなたがお持ちの書状は、我が藩を根底から揺るがしかねない代物なのだ。あなたが考えているよりずっと厄介で剣呑《けんのん》なものなのです」

「磯村さまにとって、厄介なのでございましょう。破滅に繋《つな》がりかねない……いえ、確かに破滅へと導くもの。この書状によって、悪行が露わになれば、磯村さまは全てを失います。磯村さまお一人に留まらず、磯村派として今日まで利を貪り、益を受けて来た方々全てが失脚いたしましょう。それは、藩政の中枢に淀んで腐りかけていた汚水を流し去り、新たな水を注ぐことになるはず」

「そう勝之進が申したか」

「申しました。父が存命であれば同じことを口にしたでしょう」

十之介は再び、吐息を漏らした。

「それは違う。磯村さまは確かに強引、独断の嫌いはあるが私利私欲のためだけに動いて来たわけではない。藩財政の立て直しを急務と考え、そのために尽力してこられたのだ」

「何の咎《とが》も無い者の命を奪って、何が尽力ですか。三和さま、父が亡くなったとき、あなたはその真相をご存じだったはず。磯村さまから直《じか》に聞き及ばずとも、もしやと心当たることはあったはずです。けれど、あなたは全てを不問に付した。知らぬ振り、見ぬ振りをなさったのです。そして、今度は勝之進に刺客《しかく》が放たれるのを、黙って見ておいでになった。ご自分の保身のために師と友を裏切った。それが、あなたの選んだ道ですか。『剣士とは剣を握り敵と戦い、これに勝つ者ではなく、己と戦い、これに克《か》つ者の名である』。西野新佐衛門が全霊であなたたちに伝えた教えをお忘れか」

剣士であれ。

剣を持たずとも、剣士であれ。

常に己と戦い、克つ者であれ。

十之介が低く呻《うめ》く。嚙み締めた歯の間から呻きが滴《したた》り落ちる。

あぁ、やはり。紀江もまた胸内で呻いていた。

あぁ、やはり、この方は知っていた。おそらく、兄甚一郎が奸計《かんけい》の餌食《えじき》になったことも気がついたに違いない。気づかぬほど鈍《なまくら》な男ではないはずだ。

紀江は、十之介に見入りながら、気息《きそく》を整えた。

三和十之介はいつ、真実に気づいたのか。己の地位や暮らしを守るため、真実から目を逸らす術《すべ》をいつ身につけたのだろう。男は時の流れのどこで変質していくのか。女は変われない。幾つになろうと、己より大切なものを抱え持つ。

「三和さま。わたしを行かせてください」

紀江は懐の竹筒に、そっと触れた。

「わたしに父の無念を晴らさせてください。夫の思いを遂げさせてください。そして、何より嵯浪藩の政《まつりごと》を新たに生まれ変わらせてくださいませ。お願い致します」

十之介に賭けてみたい。

若き日の想いを一途に捧げた男を、今一度、信じてみたい。

「……どうあっても、渡していただけぬか」

十之介の呻きが人の声に変わる。抑揚のない冷めた声だ。

「とあれば、致し方ない」

十之介が羽織の紐を解き、肩から滑らせた。白い襷《たすき》で袖が絞ってある。目に染みるほど、白い。

「お手向かい致しますぞ、紀江どの」

ゆるりとした動作で十之介は刀を抜いた。紀江も、小太刀を構える。青眼に構えたまま、二人は暫くの間、対峙する。

二度目の手合わせだ。長い時の果てに、こうしてまた、向かい合っている。けれど、何という違いだろう。

遠い昔、紀江はまだ娘だった。十之介は部屋住みの若い剣士だった。竹刀を合わせ、互いの剣に酔いしれた。

今は殺し合おうとしている。陶酔はどこにもない。ただ、研《と》ぎ澄まされた殺気があるのみだ。

「つえーい」

鋭い気合とともに十之介の剣がしなる。まさに、しなる。剣そのものが生きて自在に動き、獲物に襲いかかってくる。先ほどの男たちとの剣とは、まるで違う。まるで別の物だ。

受けた瞬間に指の先までが痺《しび》れた。

息を吐《つ》く暇はなかった。二の太刀が繰り出されてくる。尋常な疾さではない。紀江は受け、身体を沈み込ませた。満身の力で弾き返す。その勢いのままに、十之介の脾《ひ》腹《ばら》を狙い、一撃を放つ。十之介は柔らかな足さばきで、身を引いた。紀江はさらに半歩、踏み込む。

十之介がくぐもった叫びをあげた。剝き出しの腕から血が噴き出す。

もう半歩、踏み込め。さすれば相手に届く。それと、首根を打った剣の動きをよく見極めろ。あれが一創流の動きだ。

唐突に新佐衛門の言辞が閃《ひらめ》く。

首根を打った剣の動き。

小さく反転し目にも止まらぬ速さで上がり、斜め横から打ち下ろされる。

紀江は飛び退《すさ》り、斜め横から向かってきた剣を辛《かろ》うじて避けた。いや、避けきれなかった。十之介の切っ先が肩口から胸元を斜めに斬り裂く。熱い。焼けた火箸を押し付けられたような激痛が全身に走る。一瞬、気が遠くなった。

「かわしたか」

十之介が喘《あえ》ぎながら、呟いた。

紀江も喘ぐ。傷の痛みで正気に引き戻された。喉《のど》が乾ききり、ひりひりと疼く。喘ぎしか出てこない。

斬り裂かれた胸元から竹筒が零《こぼ》れ落ちる。地を転がり、十之介の足元あたりで止まった。

十之介は動かない。剣を構えたまま、紀江を見据えたまま、微動だにしなかった。

流れた血が赤い蛇のように腕を伝い、滴っている。紀江も傷口からとくとくと血を流していた。指の先まで濡《ぬ》れている。

十之介の背後にしゃがんでいた男が竹筒に飛びつき、拾い上げた。そして、叫んだ。

「三和さま、中は空です。何も入っておりません」

紀江は微笑《ほほえ》む。

十分、追手を引きつけた。役目は果たしたのだ。書状は吉次郎に託した。今ごろは、元大目付石蔵主税《いしくらちから》の屋敷の門を潜っているはずだ。石蔵は新佐衛門の古くからの知己であり、野田派の中核に座していた人物だった。だからこそ、役を解かれ致仕《ちし》を余儀なくされたのだ。本来なら野田の屋敷に届けるべき書状ではあったが、見張られている懸念があった。迂闊《うかつ》には近づけない。石蔵の屋敷ならおそらく見張りはついてはいまい。

紀江、頼む。何としてもこれを石蔵さまに。

勝之進は声を絞り出して、そう言った。

「三和さま。我らは謀《はか》られましたぞ」

十之介は何も答えなかった。男を一瞥《いちべつ》さえしなかった。ただ、紀江だけを見据えている。

剣が誘うように上段にかかげられる。縦一文字の前立《まえだて》のように見えた。昇ったばかりの太陽が刀身を存分に煌めかせる。

煌めく。煌めく。煌めく。

紀江は柄を握り直すとその煌めき目がけて、身体を躍らせた。小太刀が弾かれる。血で滑り、手から抜け落ちて行く。

紀江は止まらなかった。無手のまま十之介の懐に走り込む。肉を斬る音が耳元で響いた。十之介の一太刀が、腕の付け根から乳までを裂く。今度は痛みを感じない。裂かれながら、紀江はのけぞらなかった。蹌《よ》踉《ろ》めきもしなかった。そのまま、手を広げ前に出る。

「紀江どの」

十之介の双眸《そうぼう》が大きく見開かれた。膝を折り、十之介の脇差を摑《つか》む。引き抜き、地を蹴り、真っ直ぐに突く。

重い手応えがあった。十之介の肉は、刃を食み、瞬時に縮まり痙攣《けいれん》した。肉の震えが手のひらに確かに伝わってくる。

「紀江、女子の剣は敵を作り、倒すためのものではありませぬ。己の身を守り、難をはらうためのものです」

母が教えてくれた、あの一言に導かれ、十之介と互角にわたりあえた。

母上さま。お許しください。私は、あなたに背《そむ》きました。

「……紀江どの、それがしは……」

十之介の腕が紀江の背に回る。力をこめ抱き締めてくる。血の塊が口から溢《あふ》れ出た。

「……それがしは……」

十之介は血を吐きながら膝をついた。腹に突き刺さった脇差をまじまじと見詰める。

「こうするしか……なかった。気づいたときは、もう……後戻りは……できなんだ……」

半身を起こし、両手で柄を握る。

「とおっ」

凄まじい気合と共に一文字に引く。

枝に舞い戻っていた雀たちが、驚いたのか一斉に飛び立った。

雀たちの飛び立った空はもう、瑞々しい露草の色をしていた。

「紀江さま」

おついが悲鳴を上げ、走り寄ってきた。

紀江の身体を両手で支える。

西野家の中の口には、朝の光が満ちていた。紀江の襤褸布《ぼろきれ》のような姿を容赦なく照らし出す。

「おつい……吉次郎は……」

「まだ帰りませぬ。けれど、首尾よういったと思われます。誰にも気づかれず屋敷を抜け出ましたから」

「……そう」

「お気を確かに。今、お医者さまを呼びます」

「いえ、それより……旦那さまのところに……」

「紀江さま」

「おつい……早く」

おついは唇を結び、紀江の身体を支えた。濃い血の臭いが漂う。

勝之進は紀江が出かけた時のままだった。

安らかに眠っているように見える。

「雨戸を……」

「はい」

おついが雨戸を開けると、眩《まぶ》しい光が流れ込んできた。今日も良い天気になりそうだ。

「旦那さま」

紀江は勝之進の頬に触れ、その胸の上に顔を埋めた。心から安堵《あんど》できた。身体の力が抜けていく。

やはりここが、帰る場所であったのか。

ずい分、遠回りした気がする。それでも、ようやっと辿《たど》り着いた。

おついの足音が遠ざかる。

旦那さま。これでようございましたか。

勝之進の手が肩に添えられる。

おう、見事に為《な》してくれた。礼を言うぞ、紀江。

わたしは、旦那さまにお詫びせねばなりません。

詫び？　わしにか？

はい。旦那さまがどこぞで女遊びをしていると、疑うておりました。申し訳ございません。

悋気《りんき》したわけか。

はい。

はは、紀江の悋気なら怖くはないな。

ぴちゅ、ぴちゅぴちゅ。

「あっ」

紀江は顔を上げ、目を凝らした。

霞《かす》みかけた視界の隅を黒い影が横切る。そして、鳴く。

ぴちゅぴちゅぴちゅ。

「まあ、燕《つばめ》が……」

旦那さま、今年も燕が帰ってきました。

「幸せにおなり、紀江」

母の声と燕の囀《さえず》りが重なった。

幸せにおなり、紀江。

はい、母上さま。

紀江は微笑み、さらに深く勝之進の胸にもたれかかった。

燕は何かを言祝《ことほ》ぐかのように鳴き続けている。

吉次郎が裏口から台所に入ってきた。

柄杓《ひしゃく》で水を一気に飲む。よほど、渇いていたのだろう。

一息吐き、板場に立っていたおついに気が付いた。

満面に笑みを浮かべる。

「書状、確かに石蔵さまにお渡ししました」

「御苦労さまでしたね。よう、大役を果たされました」

おつぃは水屋の引き出しから、小袋を取り出した。紀江から預かっていたものだ。

「おつい、これを吉次郎に」

紀江が屋敷を出る直前、手渡された。手渡した後、僅かの間、紀江はおついを見詰め、

「後のことを全て頼みます」

と頭《こうべ》を垂れた。

何も言えなかった。小太刀を握った主を前に、伝える言葉など何もなかった。

「紀江さま……」

わたしのおじょうさま。

おついは無言のまま、闇に消えて行く背中を見送ったのだ。

「吉次郎さん。これは奥さまからあなたへ渡すように言われたものです」

「へ？　わたしに？」

袋の中を覗き込み、吉次郎は息を詰めた。

「おついさん、これは」

「あなたが果たしてくれたことへの礼と、今まで西野の家に尽くしてくれた報いです。

これを元手に商いでも始めるのがよいでしょうね。十分な額でしょうから」

「十分なんて、こんな大金を……。それに、わたしは、まだまだご奉公がしとうございますが」

おついは目を閉じた。瞼《まぶた》の裏が熱い。

「西野のお家は、おそらくもう……絶えることになりましょう。紀江さまはその覚悟をしていらっしゃいました」

「そんな……奥さまは、どこにおられるのです。わたしは、お暇など頂きたくありません。どうか、奥さまにおとりなしください」

板場にあがろうとした吉次郎をおついは、身ぶりで止めた。

「なりません。奥さまは今、旦那さまとお二人で……」

胸が詰まる。

息が詰まる。何度も何度も、かぶりを振る。

「お二人の邪魔を……してはなりません……」

吉次郎がよろめき、そのまま土間に座り込んだ。両手で顔を覆う。指の間から嗚咽《おえつ》が滴る。

ぴちゅぴちゅぴちゅぴちゅ
ぴちゅぴちゅぴちゅぴちゅ

「まぁ、この声は」

おついは、廊下に走り出た。

燕が二羽、縺《もつ》れ合いながら飛んでいる。一羽が木の枝に止まり、首を傾《かし》げた。

「燕が……また、今年も……」

燕は翼を広げると、枝を離れ、天へと飛翔する。

朝空には、小さな黒い鳥を抱きかかえるように薄雲が広がっていた。

解説

縄田一男

あさのあつこさんの時代小説というと、すぐ思い出すのは、亡くなった児玉清さんのことである。

あさのさんの時代小説のデビュー作『弥勒の月』からのファンだった児玉さんは、司会をなさっていた「BSブックレビュー」の休み時間に私をつかまえては「あさのさんの時代小説、いいと思いません？」とよく云われたものだった。

私も『弥勒の月』が刊行された際、一読するや、これがはじめて時代小説を書いた人の手になるものかと、その完成度の高さに驚嘆し、書評の筆をとったことを覚えている。

それから、はや八年、あさのさんは十八冊の時代小説をものしており、いまや、斯界に確固たる地位を築いた、といっていいだろう。

本書『花宴』は、二〇一二年七月、朝日新聞出版から刊行された作品だが、内容に入る前に、一寸、語りたい映画のことがある。

こんなことを書くと奇異に思われるかもしれないが、その映画とはオードリー・ヘプバーン主演の『麗しのサブリナ』（監督ビリー・ワイルダー、’54、アメリカ）である。

この映画でオードリーが演じるのは、大富豪のお抱え運転手の娘サブリナ。二年間、パリで料理や淑女のたしなみを習って帰国してみるや、正にファッション雑誌から抜け出て来たような美女に変身していた。

プレイボーイで大富豪の次男、ウィリアム・ホールデンは一目で夢中になる。それを心配した父は、事業一点張りで武骨な長男ハンフリー・ボガートに二人を引き離せと命じるが、今度は、ボガート自身が木乃伊とりが木乃伊になってしまう。

その中でボガートが帽子をかぶってオードリーを訪ねる場面がある。

するとオードリーが
「帽子はこうかぶるのよ」

と、ボガートの帽子をちょいと小粋に斜めにしてやる場面がある。

この時、オードリーは明らかにボガートに好意を抱いており、ボガートも無意識にオードリーに魅かれているのである。

さすがはビリー・ワイルダー、そこには接吻も抱擁もないけれど、明らかにこれはラブシーンではないか。

そのことは、ラストで再びこのシチュエーションが再現されることでも明らかだ。

さて、ここからは『花宴』本篇について話をするので、未読の方はこのあたりで解説を読むのをやめ、本篇に移っていただきたい。

実は『花宴』にも相当激しいラブシーンがある。読者は、えっと思われるかも知れぬが、それはヒロイン紀江《きえ》と、彼女の婿になるはずだった三和十之介《みわじゆうのすけ》との道場での立ち合いのシーンである。

作者は記している。

紀江が下がる。十之介が追う。

竹刀はまたからまり、離れ、激しく打ち合わされる。

十之介の上気した顔が間近にある。汗に濡れた面の中で双眼が異様なほど明るい。眼の中に光が凝縮していた。殺気や闘気ではなく、恍惚とした、ほとんど喜悦に近い情が発光している。おそらく、同じ光を自分もまた宿しているだろう。

三和十之介が心を寄せた男だからではない。父の断じたとおりの稀有な剣士だからだ。

こういう相手に巡り合えた。巡り合い、剣を交わすことができた。至福ではないか。

今、この瞬間、全てが満たされた。望むものは何一つない。

身体の真ん中を悦楽が吹き通っていく。

（傍点引用著者）

これはラブ・シーンなどという生やさしいものではない。むしろ男女の情交に近いものではないか。

しかし三和十之介の兄、甚一郎が下城途中、同じ小姓組の飯井半三郎に斬り殺され、十之介は仇討の旅へ。

そして、見事本懐を遂げても、彼は三和家の当主を継がなくてはならず、よって紀江の婿となることは出来ず、破談。

そして紀江は、四十石取り普請方の藤倉勝之進を婿に迎えた後も、しばしばこの甘やかな官能の思いに苦しむことになる。

『花宴』は、女の性を描いた作品である、というと短絡的に聞こえるかもしれないが、何故、そういえるのかは後で記す。

そして、作者の家に毎年、巣を作りに来る燕に託された西野家の喜怒哀楽の中で、紀江は打ち続く〝喪〟に辛い日々を送ることになる。

せっかく授かった美紀子の死、さらに父、西野新佐衛門の城中での横死——。

そして夫、勝之進の不可解な行動等々。

そんな中、紀江には父と母から遺言めいたことばが一つずつ送られている。

紀江に剣を教え、若くして逝った母からは「紀江、女子の剣は敵を作り、倒すためのものではありませぬ。己の身を守り、難をはらうためのものです」ということば。

そして父新佐衛門からは「勝之進を支えろ。力の限り尽くせ。それが、おまえの務めだ」というそれ。

そしてこの二つのことばがクロスしたところに、ラストの剣戟《けんげき》シーンに結びつく、紀江の怒りがある。

人の命を何と思うてか。

腹の上にそっと手を置く。ここに命を宿し、生み、育てた。それが、どれほど温かく、美しく、尊いものか知っている。（傍点引用著者）

その怒りとは、紀江の、いや女性すべての〈産む性としての女〉から発している。

私が本書を、女の性を描いたものというのは、道場での立ち合いよりも、むしろ、この一点の方に重きがかかっている。

それにしても作者は、こうしたテーマ以外にも実に巧みに作品を展開している。

前述の燕以外にも、母の形見の紀江の簪《かんざし》の使い方や、

「捨ておけ。誇られているのではない。羨ましがられているのだ」

の一言で勝之進の全人格を示すことばの使い方等々。

作者はあるインタビューで、様々なジャンルを書き分ける苦労を問われた際、
「よく聞かれるのですが、あまり意識はしていません。私はいつも描きたい人物からスタートするので、物語は描きたい人物の後からついてくるものです。ただやはり、書きやすいのは現代のお話ですね。時代小説にはいろいろ制約がありますから。挙措の美しさをどうやって表現するのか、ということには今回も苦労しました」(「週刊文春」二〇一二年七月十九日号)

と答えている。そして、文芸評論家池上冬樹氏との公開対談(二〇一四年九月二十四日)で受講者からやはり、同様の問いを投げかけられた際、次のように述べているのだ。

とくに児童書の場合は、どのくらいのレベルに向けて書くかというのは頭に入れています。たとえば幼児小説を書くときに「今日は暗鬱な雲が～」なんてことは書けないし、「お母さんが不倫しているらしい」なんてことを言う小学2年生の話も書けなかったりするので、言葉を選ぶということはあります。時代小説の場合も、カタカナ語をほとんど使わないし、「自由」とか「自我」とか、近代語なので使えない言葉もいっぱいあります。

と答える一方で、

そういう制約があるという点では、意識するものはありますけど、そのほかのところで「これは児童書だから」「これは一般小説だから」「これは時代小説だから」と意識することはないんです。しつこくて申し訳ないですけど、「誰を書くか」によって舞台が決まってくるので、その舞台を書いているだけなんです。ジャンルはほとんど意識していません。

と言っている。

これらの発言は、一見、矛盾するようで矛盾しない。

本書をお楽しみいただいた方は、作者が何を普遍的なものとしてとらえ、何をそうでないものとしてとらえているか、先刻御承知であろう。

ところで最後に聞きたいのですが、あさのさん、世の女房達は、ここまで詳細に亭主のことを観察しているものなのですか？

くわばら、くわばら――。

（なわた　かずお／文芸評論家）

花《はな》 宴《うたげ》

朝日文庫

2015年1月30日　第1刷発行
2024年8月30日　第2刷発行

著　　者　あさのあつこ

発 行 者　宇都宮健太朗
発 行 所　朝日新聞出版
〒104-8011　東京都中央区築地5-3-2
電話　03-5541-8832（編集）
　　　03-5540-7793（販売）

印刷製本　大日本印刷株式会社

ISBN978-4-02-264763-4

朝日文庫

なみだ

朝日文庫時代小説アンソロジー

細谷正充・編／青山文平／宇江佐真理／西條奈加／澤田瞳子／中島　要／野口　卓／山本一力・著

貧しい娘たちの幸せを願うご隠居「松葉緑」、親子三代で営む大繁盛の菓子屋「カスドース」など、ほろりと泣けて心が温まる傑作七編。

わかれ

朝日文庫時代小説アンソロジー

細谷正充・編／朝井まかて／折口真喜子／木内　昇／北原亞以子／西條奈加／志川節子・著

武士の身分を捨て、吉野桜を造った職人の悲話「染井の桜」、下手人に仕立てられた男と老猫の友情「十市と赤」など、傑作六編を収録。

いのり

朝日文庫時代小説アンソロジー

細谷正充・編／朝井まかて／宇江佐真理／梶よう子／小松エメル／西條奈加／平岩弓枝・著

隠居侍に残された亡き妻からの手紙「草々不一」、紙屑買いの無垢なる願い「宝の山」、娘を想う父の決意「隻腕の鬼」など珠玉の六編を収録。

いのち

朝日文庫時代小説アンソロジー

朝井まかて／安住洋子／川田弥一郎／澤田瞳子／山本一力／山本周五郎／和田はつ子・著／末國善己・編

江戸期の町医者たちと市井の人々を描く医療時代小説アンソロジー。医術とは何か。魂の癒やしとは？　時を超えて問いかける珠玉の七編。

家族

朝日文庫時代小説アンソロジー

中島要／坂井希久子／志川節子／田牧大和／藤原緋沙子／和田はつ子［著］

姑との確執から離縁、別れた息子を思い続けるおつやの情愛が沁みる「雪よふれ」など六人の女性作家が描くそれぞれの家族。全作品初の書籍化。

母ごころ

朝日文庫時代小説アンソロジー

中島要／高田在子／志川節子／永井紗耶子／坂井希久子／藤原緋沙子

職人気質の母娘、亡くした赤ん坊を思う芸者。優しく厳しく、時に切ない様々な「母」の姿を六人の人気作家が描く文庫オリジナルアンソロジー。